쿼런틴

쿼런틴

1판 1쇄 발행 2020년 9월 7일

지 은 이 김어제
펴 낸 이 신혜경
펴 낸 곳 마음의숲

대　　표 권대웅
편　　집 전유진 채수회
디 자 인 임정현 박기연
마 케 팅 노근수

출판등록 2006년 8월 1일(제2006-000159호)
주　　소 서울특별시 마포구 와우산로30길 36 마음의숲빌딩(창전동 6-32)
전　　화 (02) 322-3164~5 팩스 (02) 322-3166
이 메 일 maumsup@naver.com
인스타그램 @maumsup
용지 (주)타라유통 인쇄·제본 (주)에이치이피

ISBN 979-11-6285-062-6 (03810)

* 이 도서의 국립중앙도서관 출판예정도서목록(CIP)은 서지정보유통지원시스템 홈페이지(http://seoji.nl.go.kr)와 국가자료종합목록 구축시스템(http://kolis-net.nl.go.kr)에서 이용하실 수 있습니다.
(CIP제어번호 : CIP2020034545)

코로나19와의 사투와
생존 과정을 새긴 40일간의 기록

쿼런틴

김어제 지음

마음의숲

서문 | 끝나지 않은 팬데믹의 한가운데서

'40'은 역사적으로 의미심장한 숫자다.

40은 수메르 신화에 등장하는 물과 지혜의 신 엔키(에아라고도 불린다)를 상징하는 신성한 숫자이다. 길가메시 서사시에서 길가메시에게 영생의 비밀인 떨기나무를 전달하는 우트나피쉬팀은 엔키의 귀띔을 받아, 40일 동안 밤낮을 가리지 않고 이어진 대홍수에서 살아남은 뒤 영생을 얻었다.

아브라함계 종교에서 40일 혹은 40년은 한 시대이자 오랜 기간을 의미한다. 모세는 40년간 이집트의 왕자로 살았고, 40년간 미디안을 떠돌다 호렙산에서 불타는 떨기나무의 계시를 받고 이집트로 돌아가 히브리인들을 구출했다. 이후 시나이산에서 40일간 지낸 뒤 십계명을 받았다. 사울, 다윗, 솔로몬은 40년간 유대 왕국을 통치했다. 예수는 40일간 금식하며 유대 광야를 헤매고 사탄의 시험을 받았다. 또 그는 부활한 지 40일 만에 승천했다. 이슬람교의 창시자 무함마드는 40살에 천사로부터 계시를 받고 최초의 무슬림이 됐다.

중앙아시아의 몽골 정복자들을 통해 크림반도에서부터 시작된 흑사병은 14세기 유럽 인구의 3분의 1가량을 감소시켰고, 이후 산발적인 유행을 포함해 19세기 초까지 유럽 전역과 중근동을 휩쓸며 수 세기 동안 많은 희생자를 내었다.

1377년, 달마시아의 라구사공화국*에서는 전염병 유행 지역에서 온 외부인들을 30일간 검역하기로 하고 근해의 섬들에 검역 병원 라자렛Lazaret**을 만들었다. 이후

* 현재의 크로아티아 두브로브니크.

** 예수가 부활시킨 라자로의 이름에서 유래했다.

1448년에 베네치아 공화국 의회가 외부에서 들어오는 선박들을 40일* 동안 격리 및 검역하기로 결정하면서 쿼런틴Quarantine**, 즉 '격리'라는 단어가 탄생하였다.

그리고 2020년, 중국 춘절 연휴의 인구 이동을 통해 전 세계로 급격히 확산된 코로나바이러스감염증-19(이하 코로나19)가 뉴욕에 도달했고, 마침내 작은 우리 집에도 찾아왔다. 우연하게도 P가 아프기 시작하면서부터 회복기를 거쳐 완치 및 사후 격리가 끝나기까지 약 40일이 걸렸다.

2020년 6월, 내가 겪었던 일들을 대다수의 한국 사람들은 경험하지 않았음에 감사한 심정이다. 앞으로도 겪을 일이 없기를 바란다. 하지만 어떤 일이 벌어질지는 아무도 모른다. 그래서 다가올 미래에 대비해 그간 코로나19와 관련하여 경험했던 일들에 대해 공유하고자 한다. 한국은 다행히 질병관리본부와 의료진을 비롯해 관련

* 흑사병의 감염으로부터 사망까지는 평균 37일가량 소요된 것으로 추정한다.

** 베네토어로 40일은 'Quarantena'.

업종에 종사하는 사람들의 피나는 노력으로 일상 비슷한 것을 영유하고 있지만, 아직도 많은 해외 국가의 사람들은 일상을 되찾지 못했다. 역사적으로 그러했듯이 이전의 유행병처럼 현재의 코로나19, 또 이후에 찾아올 미지의 감염병들은 우리의 일상을 영원히 바꿔놓을 것이다.

나는 전문가가 아니다. 또한 현재까지 확인된 내용과 충돌하는 다른 연구 결과, 내용 등이 발표되고 있기 때문에 이 책에 실린 이야기들은 나중에 밝혀질 과학적 사실과 다를지도 모른다. 그럼에도 불구하고 코로나19를 직접적으로 마주하면서 이 바이러스에 대해서 조금이라도 더 정확히 알려 했던 나의 노력과 그간의 경험이, 코로나19로 힘든 시대를 살아가고 있는 많은 이들에게 작은 도움이라도 되었으면 하는 의미에서 이 책을 세상에 내놓기로 결심하였다.

아직도 끝나지 않은 팬데믹의 한가운데서 이 책을 읽는 독자 여러분이 건강하기를 기원한다. 동시에 한 사람 한 사람이 공동체의 일원으로서 개인의 책무를 다할 수 있기를 바란다.

차례

1장

2019년 12월

뉴욕의 네 번째 겨울

2019년 겨울은 평화로웠다. P와 함께 뉴욕에 첫발을 디뎠던 해와 달리, 얼마 남지 않은 겨울날들은 두꺼운 외투가 필요 없을 정도로 따뜻했다. 외출을 많이 하지는 않았지만, 그래도 잃어버린 체력을 회복하기 위해 주기적으로 운동하고 볕을 쬐는 루틴을 유지하고자 했다.

12월이 시작하는 날에는 생각지도 못하게 필립 글래스의 오페라 〈아크나텐〉을 보았고, 브루클린에 위치한 피자 전문점 '로베르타스Roberta's'에서 도우 맛에 감탄하기도 했다. 자신이 없어 미루고 또 미루던 블로그를 개

설해 음식에 관한 글쓰기를 시작하면서 벼르고 있었던 바이타믹스의 블렌더를 샀고, 겸사겸사 미뤄두었던 요리 이론 공부도 하게 되었다. 귀여운 고양이 '치쿠'의 밥을 챙겨주기도 했다. 이 정도면 깊은 마음의 수렁에서 빠져나왔다고 생각했다.

어느 날에는 무엇을 먹을까 고민하다가 10개월 가까이 문을 닫았던, 좋아하는 상해 음식점이 다시 문을 열었다는 사실을 발견했다. 얼마 전에 확장 이전해 재개업했던 것이다. 구글 리뷰에 사장이 임금 체불을 하고 중국으로 도망갔다는 둥, 주방이 너무 더러워서 강제로 폐쇄조치됐다는 둥 온갖 루머가 적혀 있었지만 아쉬운 마음에 좋아하는 장소 리스트에서 오래도록 빼지 못한 가게였다. 덕분에 P와 나는 크리스마스에 중국 음식을 먹는 유태인이 된 기분으로 식당으로 향했다.

뉴욕 플러싱은 다양한 사람들로 북적였다. 새로 단장한 가게에 들어가 옛 점포의 천장에서 쥐가 찍찍거리던 기억을 떠올리며, 영원히 먹을 수 없을 거라고 생각했던 꽈리고추 우육탕면과 소룡포를 먹었다.

12월 마지막 날 오후에는 요가원에서 그해 마지

막 요가 수업을 들었다. 요가 선생 중 한 명인 랏다완은 평소보다 말을 많이 했다. 누군가를 만나거나, 거리에서 새해를 기다리는 대신 (아마 약속이 없어서 왔겠지만) 함께 모여 수련하는 것이 기쁘고 고맙다고 했다. 우리는 촛불 하나만 켜진 밝은 어둠 속에서 모두 킬킬거렸다.

자정에는 P와 함께 그 유명한 '타임스퀘어 볼 드롭'을 보며 진저 비어에 위스키를 섞어 마시며 새해를 맞았다.

이렇게 올해는 기억 속에서나 가장 힘들었던 해가 될 거라고, 내 미래는 앞으로 더 나아질 것이라고 생각했다. 오지도 않은 불행에 두려워하며 구덩이에 머리를 파묻는 대신, 여태껏 그랬던 것처럼 또 대책 없이 살아보자고 다짐하며 2020년을 맞이했다.

2장

2020년 1월

아플 땐 집에서 넷플릭스 | Netflix and ill

미국살이를 시작하면서 가장 곤란했던 것은 바로 병원 문제다. 국가가 주도하는 단일 의료 보험 방식을 채택하고 있는 한국에서 완전 자유 시장 체제로 보험부터 병원, 약품까지 비용이 천차만별인 미국으로 오니 처음부터 끝까지 낯설었다. 특히 청구서에 찍히는 어마무시한 숫자는 도무지 적응이 되지 않는다.

이사 온 첫해, 육중한 뉴욕의 출입문들 덕분에 손목과 팔꿈치에 문제가 생겨 병원을 다니기 시작했다. 불행 중 다행, 아니 다행 중 불행으로 우리는 보험사와 계약된 의료 공급자를 자율적으로 만날 수 있는 PPO* 방식의 보험에 들었고, 전문의들을 자유롭게 만날 수 있었다.

첫 번째 정형외과에서는 외용 소염 진통제를 처방받았는데 피부에 알레르기 반응이 나타나 다른 병원으로 옮겼다. 진료비가 얼마인지 물어보자 보험에 따라 다르단 답변을 받았고, 그와 별개로 코페이Co-pay** 10달러를 냈다. 다행히 의사가 적당히 샘플 약을 챙겨줘서 약값은 따로 들지 않았다.

두 번째 병원은 MRI 촬영을 권했다. 3일 후 정형외과에서 20분쯤 떨어진 영상 의학과를 찾아가 MRI를 찍었다. 여기서도 역시 코페이 10달러를 지불했다. 일주일 후에 만난 정형외과 의사는 검사상 별다른 징후를 찾지 못했다며 또 소염 진통제를 처방해주려고 했다. 의미가 없는 것 같아 거절했더니 재활 의학과에서 운동과 도수치료를

* PPO의 반대 개념인 HMO는 건강 보험과 의료 공급자가 통합된 방식으로 PPO보다는 가격이 저렴하지만, 보험사에서 지정한 주치의(일반의)가 허용해야만 전문의를 만날 수 있다. 또 일부 보험사에서 수익성이 없는 만성 질환에 대해 고의적으로 진료를 거부하는 등 전문의 진료를 받는 것이 불가능에 가깝다는 고발이 있었다.

** 기본 분담금. 병원 방문 때마다 지불하는 기본 진찰료로 보험료에 따라 달라지며, 추후 가입자 분담금 정산 시 포함된다.

포함한 물리 치료를 받으라고 했다.

한두 달 후쯤 집으로 날아온 청구서에는 MRI 촬영비로 1만 달러가량이 찍혀 있었다. 너무 놀란 나는 보험사에 전화했다. 그때서야 미국에서는 병원을 방문할 때마다 병원을 방문한 목적과 질병의 발생일, 발생 원인, 사고 유무 등을 보고하게 되어 있다는 사실을 알게 되었다. 병원 방문 사유 접수가 끝났으니 정정된 청구서가 발급될 거라는 말을 듣고 통화를 마쳤다. 한 달 후에 다시 날아온 보험사 청구서에는 1천 2백 달러가량이 적혀 있었다.

보통 보험사에서 보고하는 금액을 확인한 후 병원에서 청구서가 따로 날아와야 지불을 하는데, 이 병원은 청구서를 보내지 않더니 반년쯤 뒤 부채 징수 회사를 통해 연체료를 포함해 약 1천 7백 달러를 지불해야 한다고 했다. 그나마 분할 납부는 가능하단다. 상황 설명을 하고 뭔가 착오가 있는 것 같으니 병원과 보험사에 연락해줄 수 있는지 물어보니 5주 후에 처리 결과를 보내주겠다고 했다. 그리고 2년이 지난 지금까지, 그 누구에게서도 연락은 오지 않았다.

소개받은 물리 치료사에게 찾아가 도수치료와 재

활 운동 치료를 받기 시작했다. 30분가량 재활 운동을 하고, 나머지 30분은 도수치료를 받는 식이었다. 한 번 방문할 때마다 평균 4백 달러의 비용이 청구되었다. 주에 두 번씩 몇 개월 동안 다녔는데 다녀온 뒤엔 매번 보험사에 전화해야 했고, 그마저도 상담원이 일을 얼뜨게 처리하면 몇 번씩 전화를 다시 걸어야 했다.

뉴욕에 도착한 지 두 번째가 되는 해에는 소염 진통제 부작용으로 추정되는 급성 복통으로 어기적어기적 택시를 타고 긴급 의료 센터Urgent care에 갔다. 의사는 병력과 가족력을 물은 후 위산 분비 억제제를 처방해주었다. 비용은 10달러였다. 하지만 해당 병원의 비보험 기본 진료비는 1백 25달러이며, 처치에 따라 비용이 추가될 수 있다고 했다.

만약을 위해 위 내시경을 받자고 해서 이틀 후에 내시경 전문 소화기 내과의를 만났다. 동유럽계로 보이는 의사는 한국인들은 헬리코박터파일로리 보균자와 위암 환자가 많아서 내시경을 받는 게 좋겠다고 말했다.

내시경 결과, 위에 작은 용종이 많이 나 있다고

했다. 자세한 검사 결과는 일주일 후에 받았는데 큰 문제는 없었다. 헬리코박터파일로리균에 감염되어 있지도 않았다. 의사가 처방해준 약을 한 달 치 먹고 난 뒤 재검사를 하자고 제안해서 이후 다시 내시경을 했고, 다행히 깨끗했다. 이번에는 병원 방문 보고를 철저히 했다.

한 달 후에 받은 청구서에는 최초 내시경 비용 약 6천 달러와 자기 부담금 1천 5백 달러가량이 찍혀 있었다. 두 번째 내시경 영수증은 아직 오지도 않았는데 말이다. 그 다음 달에는 두 번째 내시경 비용 4천 달러가 적힌 청구서가 날아왔다. 현금 기준 6백 달러에 검사를 해준다는 광고가 병원에 붙어 있었던 걸 기억해내서 전화했더니 수납처에 연락해야 한다고 했다. 미국은 수납처가 병원에 있지 않고 다른 곳에 있는 경우도 많아, 관련 업무 처리가 신속하게 이루어지지 않는 일이 잦다. 몇 주에 걸쳐 전화를 계속했지만 아무도 전화를 받지 않았다. 청구서도 영원히 날아오지 않았다.

언제 청구서가 날아올지 모르는 무서운(?) 일들을 2년간 겪은 후, P와 나는 조금만 불편해도 밥 먹듯이 다니던 병원을 뚝 끊고 아프지 않기 위해서 개인 위생과 건강 관리에 애썼다. 서랍에 온갖 상비약을 잔뜩 쟁여놓고 웹엠디Webmd*와 구글, 한국 대학 병원에 질병 정보를 검색하는 것으로 병원 방문을 대신하였다. '넷플릭스 앤드 일Netflix and ill'하는 사람이 된 것이다. '넷플릭스 앤드 일'이란 아플 때 집에서 아무것도 하지 않고 넷플릭스를 무한정 보며 쉬는 것을 말한다.

미국에서는 겨울철 독감이 중요한 이슈기도 해서 매년 백신 관련 내용과 사망자 수 통계가 꼬박꼬박 뉴스를 탄다. 미국의 질병관리본부CDC에 따르면 지난 10년간 매년 4백만 명에서 9백만 명에 이르는 사람이 독감에 걸리고, 14만 명에서 81만 명이 입원 치료를 받으며, 그중 1만 명에서 6만 명 정도가 사망에 이른다고 한다. 그런데 2020년에는 연초부터 독감 발생 빈도가 10년 만에 최악이라는 뉴스가 났다.

지난 11월에는 4가 백신을 챙겨 맞았다. 미국에서는 한국보다 더 적극적으로 독감 백신을 홍보하고 젊은 사람들도 꼼꼼하게 백신 접종을 하는 편인데, 나중에 병원

* 의학적 조언을 주고받는 미국 유명 웹 사이트.

을 가는 것보다 백신을 맞는 게 더 싸기 때문이다. 또한 연령에 따라 다르지만 보험이 있다면 기초적인 백신 접종은 무료이다.

한국에 있을 때는 병원비가 저렴하다 보니 필수 접종이나 파상풍 접종을 제외한 추가 백신을 맞아야 한다는 생각을 하지 못했다. 하지만 여기서는 여차하면 병원비가 천문학적으로 나올 수 있어 질병 예방에 더 관심을 가지고 대비하게 되었다. 또한 약국에서도 백신 접종을 받을 수 있어 추가 진료비를 내지 않아도 되는 약국에 가서 접종을 받았다.

이런 환경이라 온종일 인터넷에서 질병 정보를 검색하고 희귀병에 걸리지 않았는지 고민하는 건강 염려증 수준까지는 아니어도, 자연스레 관련 정보를 찾아보고 혼자서 추측할 수밖에 없게 되었다. 우리는 젊고 기저 질환이 없으며 학생 혜택을 받아서 보험료를 연간 2천 5백 달러 정도만 내고 있었다. 하지만 아파서 병원에 가면 약국에서도 그냥 살 수 있는 일반 의약품을 처방받고, 진료비는 진료비대로 내야 하며 때로는 더 비싼 값에 약을 사야 하는 불합리함에 질려 병원을 잘 가지 않게 되었다. 기존 병력을 이야기할 때 한국에서 전문의에게 의심 진단을 받았던 적이 있는 질병을 설명하고, 구글 검색까지 해서 정확한 영문명을 보여줬지만 그런 병은 존재하지 않는다는 말을 들은 적도 있다.

몸은 아프고, 병원을 전전해도 증상이 낫기는커녕 원인조차 제대로 알아낼 수 없다. 이럴 땐 차라리 집에서 넷플릭스나 보는 쪽이 마음 편하다. 미국에서는 아플 때 학교든 직장이든 가지 않고 집에서 쉬는 것이 어느 정도 정착되어 있다. 하지만 여전히 그것조차 여의치 않아 아픈 채로 계속 일하는 사람들도 여전히 많다. 이런 문화가 공중 보건에 얼마나 치명적인지 느끼게 된 것은 몇 달 후의 일이다.

미국에서 의료비 때문에 파산하는 사람이 많다고는 들었지만 이렇게 직접 경험해보니 그 부담이 피부로 와 닿았다. 왜 미국이 온갖 보조 식품과 기기묘묘한 식단, 새로운 운동, '동종 요법'이라고 불리는 별별 대안적 치료가 태어나고 유행하는 본거지인지 깨닫게 되었다. 한국의 보신 문화와 결합된 동종 요법이 사치에 가까운 느낌이라면, 미국의 동종 요법은 필사적으로 느껴질 정도다. 하지만 대부분의 동종 요법은 그 효능이 검증되지 않았거나 오히려 부작용만 발생하는, 질병에 대한 공포를 이용한 돈벌이에 불과하다.

미국 의료비의 또다른 문제점은 실제로 치료를 받기 전에는 병원비로 얼마가 지출될지 정확하게 알기 어려울 뿐만 아니라, 비용을 안다 하더라도 그것을 감당할 수 있는지는 별개라는 점이다.

2016년 미국 연준(연방준비제도이사회) 발표에 따르면 미국 가정의 평균 저축액은 3만 달러이며, 중앙값은 7천 달러로 평균 저축액보다 훨씬 낮았다. 이것은 상위 몇 퍼센트의 저축액이 평균 저축액을 끌어올리고 있다는 것을 의미한다. 실제로 미국 중산층의 저축액 대부분은 401k*에 묶여 있어서 긴급 자금으로 사용하기 어렵다. 미국 성인의 57퍼센트는 저축액이 1천 달러 미만이며, 약 15퍼센트는 저축 자체가 아예 없다.

한국인 입장에서는 '도대체 저런 상품을 왜 사나' 싶은 물건들을 '블랙 프라이데이'라는 이유로 잔뜩 사는 소비 지향적인 미국인의 생활 방식이 잘 이해되지 않는 것

* 미국의 은퇴 연금 제도.

도 사실이다. 하지만 생활 방식 문제를 차치하고도 구조적으로 저축이 어렵다. 자가가 없으면 다달이 월세로 나가는 돈이 월급의 절반을 차지하는 경우가 대부분이고, 의료 보험이나 차량 유지비 등 고정 지출비가 빠져나가고 나면 손에 남는 건 거의 없다시피 하다.

자가를 가지고 있는 경우에도 상황은 크게 다르지 않다. 지역마다 다르지만 학군이 좋은 곳은 주택 가격뿐만 아니라 보유세도 높아서 세금이 한국보다 월등히 많이 나온다.

또한 다수의 보험에 가입되어 있더라도 보장 범위나 횟수 등이 복잡하게 설정되어 있어 보험사에서 병원비 지급을 거절하는 경우도 허다하다. 한국 보험사의 실손 의료 보험 지급 거절 사례들을 생각하면 된다. 모든 보험사가 그런 것은 아니지만, 최선을 다해 의료비 보장을 거절하는 보험사가 많다. 병원 데스크에서 실랑이를 벌이는 환자들을 심심찮게 볼 수 있는 이유다. 사실 병원은 이 문제에 관해 해줄 수 있는 것이 없는데도 말이다. 작년에 동네 병원에 갔을 때는 한 노인이 "2개의 보험이 있는데 왜 이 돈을 내야 하냐"며 분통을 터뜨리고 있었다. 65세 이상을 위한 연방 공공 보험인 메디케어와 사보험 양쪽 모두 전액 지급을 거절하고 일부만 보전해주기로 한 모양이었다.

보험에서는 나이 든 사람일수록 기대 의료비 증가로 보험료가 오른다. 수술 및 만성 질환 관리로 보험 혜택을 많이 받아도 보험료가 인상된다. 특히 만성 질환이 있는 경우에는 들 수 있는 보험이 극히 제한되고, 어렵게 보험에 들어도 보험료가 보통 사람들보다 두 배 이상 높게 책정된다. 몇 번의 수술을 거친 탓에 한 달에 보험료를 몇천 달러씩 지불하는 사람들도 있다. 희귀·난치 질환 치료를 받으면서 그 사실이 알려지면 직장에서 해고당해 직장 보험을 잃게 될까 봐 두려움에 떠는 사람들도 있다.

진료비와 별개로 처방되는 약품의 가격이 책정되는 메커니즘도 기형적이다. 어찌저찌 의사를 만나서 진단과 처치를 받아도 약물 치료 비용을 감당하지 못하는 경우 역시 흔하다. 전 세계에서 가장 비싼 미국의 약품 가격에 영향을 끼치는 요인은 여러 가지가 있겠지만, 흔히 생각하는 기술 개발 비용과는 관련 없는 요인들이 곳곳에 숨어 있다.

약품 가격 책정 과정에서 가장 이해되지 않는 것은 보험사와 제약사 간의 중개 과정이다. 중개인들은 보험사에 공급하는 약값의 일부를 수익으로 가져간다. 약값이 비싸질수록 자신이 가져가는 수익이 커지므로 최대한 비싸게 공급하려고 최선을 다한다. 또한 보험사가 높은 가격으로 약을 공급할수록 제약사에서 리베이트로 일정 비용을 보험사에 제공하기 때문에, 보험사 또한 가능한 한도 안에서 소비자가 최대한 높게 책정한다. 보험사와 제약사가 서로 경제적 이득을 취하기 위해 애꿎은 환자들에게 살인적인 비용을 부담시키는 것이다. 2012년 한 해에 발생했다고 추정되는 리베이트 비용만 약 4백억 달러, 한화로 약 50조 원 규모이다.

뿐만 아니라 병원 또한 불필요한 검사를 하는 등 과다 진료를 하거나 심지어 환자를 대상으로 청구 비용 사기를 치는 경우도 있다. 복잡한 행정 절차로 인해 발생하는 무의미한 행정 인력 비용도 결국 보험 가입자와 환자가 부담하게 된다. 기업의 이득이 커지면 커질수록 높아지는 성과금 앞에서, 환자의 고통은 숫자로만 계산된다.

이런 실정을 봤을 때 미국인의 파산 사유 1위가 의료비라는 사실은 어쩌면 당연한 것인지도 모른다. 2011년에 진행된 한 설문에 따르면 지난 1년간 각종 보험료를 포함한 의료비를 처리하는 데 어려움이 있었던 가구의 비율은 20퍼센트, 아예 납부하지 못하고 있는 가구는 10.5퍼센트에 달한다. 이 통계에 잡히지 않는 비시민권자(외국인 노동자, 미등록 체류자 등)의 상황은 훨씬 열악할 것이다.

물론 중증 질환이나 희귀병 치료 비용을 감당하기 어려운 것은 한국인도 마찬가지다. 지역 의료 접근성 저하, 3차 병원의 병상 부족, 저수가 문제, 건강보험심사평가원의 애매한 진료비 삭감, 의료·제약 기술 개발의 어려움 등 복잡다단한 문제가 없는 것도 아니다. 하지만 미국에서는 아파도 병원에 갈 수 없고 보험이 없어서 진료를 거부당하며 병원비를 지불하지 못해 응급실에서 그대로 사망하는 일들이 발생한다. 전 세계에서 의료비를 가장 많이 쓰면서 기대 수명은 다른 나라보다 현저히 낮은 통계치를 보면 미국식 건강 보험 시스템은 도무지 지지할 수가 없을 것이다.

불행 중 다행으로 대부분의 보험은 만 26세 미만 자녀도 함께 보장하지만, 부모가 보험이 없다면 자식도 보험이 없을 확률이 높다고 봐야 한다. 3월 18일, 코로나19에 감염된 것으로 추정되는 17세 한인 청소년이 보험이 없다는 이유로 응급 진료를 거부당하여 다른 공공 병원으로 이송되었지만 6시간에 걸친 응급 처치 끝에 사망했다는 기사가 났다. 이 기사는 한국에서도 보도되었다. 이후 SNS는 미국 의료 보험 제도와 진료를 거부한 병원에 대한 분노로 들끓었다.

4월 〈타임〉 지의 후속 보도에 따르면 이 가족은 보험이 있었고, 응급실에 가서 치료를 받았으며 랭커스터 시장의 공식 발표는 잘못된 것이었다. 하지만 이 오보가 엄청난 반향을 일으킨 이유는 내용이 너무나도 현실적이기 때문이었다. 2천 7백만 명 이상의 미국인이 보험이 없고, 수많은 이민자들 또한 그러하다. 그리고 미국 법률상 보험이 없거나 지불 능력이 없는 환자의 치료를 거부하는 것은 불법이 아니다. 심지어는 병원이 치료비를 지불할 수 없을 것 같거나 보험 한도에 다다른 환자의 치료를 거부하면서, 환자를 구급차에 실어 공공 병원이나 다른 시설 앞에 몰래 갖다 버리기도 한다. 이는 1870년대 〈뉴욕 타임즈〉 기사에도 언급될 만큼 유서 깊은 전통이다.

한편 유족들은 사망자가 코로나19에 감염되었는지도 모른 채 장례를 치렀다가, 뒤늦게 캘리포니아 보건 당국으로부터 자가 격리 통보를 받았다. 그 이후에 이들의 삶이 어떻게 되었는지는 알 길이 없다.

이 뉴스를 접하고, 나 역시 앰뷸런스를 탈 수도 있겠다는 생각이 들어 두려움에 떨며 비용을 알아보았다. 911(우리나라의 119)에 전화를 걸어 앰뷸런스가 현장에 도착하고, 응급 구조 요원에게 상태를 확인받는 것까지는 무료이다. 하지만 병원에 가기 위해 앰뷸런스에 올라타는 순간부터 모든 것이 돈이다. 뉴욕 시 기준 기본 앰뷸런스가 775달러, 비싼 앰뷸런스는 1,420달러이고 가는 길에 산소를 공급받으면 추가로 66달러가 든다. 택시에도 기본 요금이 있는데 앰뷸런스는 기본 요금 없이 약 1.6킬로미터당 15달러씩 비용이 추가된다. 여기에 미국의 과금 스타일을 생각하면 앰뷸런스 안에서 진행되는 각종 응급 치료의 부대 비용도 모두 합산하여 청구될 확률이 높다.

막연히 비쌀 것이라고는 생각했지만, 이 정도라

면 보험이 없거나 보험이 충분하지 않은 경우 심각한 외상이 있거나 출산하러 가는 사람들조차 우버를 타는 것이 당연하겠구나 싶었다.

1월에는 코로나19의 위험성이 알려지기 전이었다. 중국의 지나가는 풍토병 정도로 생각해서 미국에서 직접 보도되는 경우도 많지 않았다. 당시 미국의 주요 이슈는 역시 민주당 대통령 후보 경선이었다. 속칭 '오바마 케어(환자 보호 및 부담 적정 보험법)'를 무효화시키기 위해 지금도 끊임없이 노력하고 있는 트럼프 대통령이 재선될 가능성이 점쳐지고 있던 가운데, 미 상원 의원 버니 샌더스가 발의한 '모두를 위한 의료 보험Medicare for all'이 단연 화제가 되었다.

오바마 케어는 연방 보험인 메디케어(65세 이상의 노인, 특정 질환자 대상 보험)와 주 보험인 메디케이드(저소득층 대상 보험)의 보장 범위를 확대하고, 사보험의 과대 비용 책정을 규제하기 위한 법안이다. 하지만 보험 구조 자체를 바꾸는 법안은 아니었다. 모두를 위한 의료 보험, 속칭 '버니 케어'의 주요 골자는 미국에도 한국식 국가 주도 단일 건강 보험을 도입하자는 것이었다. 만약 이 법안이 현실화되면 천문학적 금액이 움직이는 의료 보험 시장이 사라질 수 있다. 물론 사보험 자체가 소멸하지는 않겠지만, 엄청난 돈이 걸려 있으니 기존 시스템에서 이득을 보고 있는 이들은 버니 케어를 거세게 반대했다.

아쉽게도 4월 초, 버니 샌더스가 선거 유세를 중단하고 오바마 케어를 개선하는 방향으로 나아가야 한다는 중도파 조 바이든을 지지하면서 '모두를 위한 의료 보험'이 가까운 미래에 실행될 가능성은 희박해졌다. 이 불합리한 보험 체계 안에 살면서 닥칠 수 있는 상황에 완벽히 대비하게 되는 날이 오기는 할지 모르겠다. 그렇게 '우리가 미국에 오래 있을 수 있을까?' 하는 생각이 들었다.

다가오는 위협

설 즈음에는 지인들과 집에 모여 파티도 하고, 고양이 치쿠도 만났다. 별문제 없는 나날을 보내고 있다고 생각했다. 중국 괴질 소식이 간간이 뉴스에 나왔지만 우리와는 아주 멀리 떨어진 일로 느껴졌다(물리적으로도 멀리 떨어져 있었다). '연구자들이 예측하던 일이 일어나는구나' '환경 파괴와 기후 변화가 전 지구적으로 계속 문제가 되겠구나' 하는 인상을 받을 정도의 정보밖에 들려오지 않았다.

그런데 1월 22일, 우한과 그 주변이 봉쇄되었다

는 뉴스가 들려왔다. 지역의 봉쇄는 서아프리카에서 에볼라바이러스의 유행 정도가 심각할 때에나 겨우 들어본 소식이었다. 2002년 사스, 2009년 신종 플루나 2015년 메르스 유행 때에도 국경 봉쇄나 이동 금지에 준하는 조치는 없었던 것으로 기억한다.

이것이 중국 공산당 정부의 감염병 예방을 위한 선제적 조치인지, 상황이 실제로 심각한 것인지를 판단할 수 없었다. 전 세계 모든 뉴스가 중국 정부가 발표한 통계와 통제 조치, 현지에 있는 자국민들의 상황 보고를 반복해 읊기만 했다. 세계 보건 기구에서도, 미국 질병 통제 센터에서도 유의미한 보고나 발표를 하지 않았다. 그저 여행 자제를 권고했을 뿐이다. 미국 대통령은 별일 아니고 중국인이 몇 명 감염된 정도이며 중국 정부는 할 일을 하고 있으니 걱정할 필요가 없다고 말했다.

내가 봤던 현장과 제일 가까운 한국어 보도는 봉쇄 시작 당시 우연히 신장 위구르 자치구에 머물고 있던 이대목동병원 응급 의학과 남궁인 교수의 원격 인터뷰와 봉쇄 명령을 무시하고 우한을 탈출하여 기사를 낸 〈조선일보〉 박수찬 특파원의 탈출기, 이 두 가지가 전부였다.

이 보도를 접하고 불안이 엄습하면서 맥스 브룩스의 소설《세계대전 Z》의 첫 장이 떠올랐다. 페이크 르포르타주* 형식을 취한 포스트 아포칼립스** 소설 속에서 중국 정부는 '질병' 확산 초기에 '질병'의 존재 자체를 인민과 전세계로부터 숨겼다. 이 때문에 적절한 조치를 취하고 대비할 때를 놓쳐 '질병'이 전 세계로 퍼져나가고 만다. 뉴스를 하나둘 접하며 "이게 설마 '그 질병'은 아니겠지"라고 말했다.

기묘하게도 우한 봉쇄 사태가 벌어진 날과 같은 날인 1월 22일, 넷플릭스에 〈팬데믹: 인플루엔자와의 전쟁〉이라는 다큐멘터리가 공개되었다. 평소 온갖 종류의 다큐멘터리를 보는 걸 좋아하지만 그중에서도 전염병과 종료 다큐멘터리를 워낙 좋아한다. 출시 예고 때부터 관심 있는 항목으로 체크해 두었더니 출시 직후 바로 알림이 와서 이틀 내리 쉬지 않고 전편을 보았다.

다큐멘터리는 20세기 초 인플루엔자 범유행을

* 사건 현장에 찾아가 기록한 것처럼 꾸민 창작물.

** 거대한 재해 혹은 초자연적인 사건으로 문명이 멸망한 모습을 그린 장르.

연구하는 학자들로부터 시작하여 뉴욕시의 유행성 질병 대비 체계, 범유전자형 독감 백신 개발, 안티 백신 운동, 미국의 의료 소외 지역, 인도의 인구 밀집 지역과 의료 인프라 부족, 중동과 중국의 인수공통감염병 연구, 서아프리카 에볼라바이러스 유행 지역의 어려움 등을 돌아가며 조망하는데, 여기에서 전문가들이 우려하고 지적한 부분들이 현실로 벌어지는 중이다.

이 다큐멘터리에서는 여섯 편에 걸쳐 질병 퇴치를 위해 싸우고 있는 다양한 분야의 연구자들과 의사들을 만나 인터뷰를 진행한다. 이들은 분야를 막론하고 범유행 전염병은 아직 오지 않았을 뿐, 언젠가 올 것이라고 입을 모아 말한다.

전염병 병원체의 종류, 전파 양상, 증상, 시대, 지역과 국가, 문화와 관습 등 다양한 요인들이 전염병 유행 범위와 유행 이후의 사회 변화에 영향을 끼치지만, 예로부터 전염병 유행에 대한 사람들의 반응은 한결같았다. 사람들은 전염병을 두려워하고, 이때다 싶어 소수자를 차별하고, 기회를 틈타 돈을 모으려 하고, 고의로 병을 옮겨 남을 해치기도 하고, 일면식 없는 아픈 사람들을 위해 자신의 목숨을 내놓기도 한다. 심지어 언제든 부활 가능한 온라인 게임*에서도 마찬가지로 이러한 현상이 나타난다. 기록되지 않은 것까지 포함하면 셀 수 없이 반복된 바로 그런 일들이, 지금 이 시대에 또다시 일어나고 있다.

'우한 폐렴'에 대한 뜬소문이 돌기 시작한 후, 후진국형 질병이 급증하고 있다는 한국의 한 인터넷 신문 기사를 보았다. '후진국형' 질병이라니? 어처구니없는 표현이었다. 아무 데나 침을 뱉고 술자리에서는 으레 술잔을 돌리며, 손을 씻지 않는 건 예사에 심지어 샤워와 빨래도 종종 빼먹고 다니는 몇몇 한국 사람을 아는 입장에서 유행병이 돌자 민감하게 반응하는 것이 참 우습다. 한국은 OECD 선진국인데 왜 '후진국형' 질병인 결핵, 간염, 볼거리 등이 유행하느냐며 자신들의 행동을 잊은 채 저소득·저개발 국가들에 대한 혐오부터 내뱉는다.

나중에는 되면 좋고 아니면 말고 식으로 몇몇 한국 언론들이 '우한 폐렴'을 막기 위해서는 중국인 입국을 거

* 가장 유명한 예시로 블리자드 사의 〈월드 오브 워크래프트〉에서 일어난 '오염된 피 사건'이 있다.

부해야 한다는, 혐오를 조장하는 목소리를 내기 시작했다. 어떤 사람들은 언론이 원하는 대로 반응해주었다.

미국에서 코로나19 유행이 시작되자 미국에서도 동양인을 타깃으로 정확히 같은 일들이 벌어졌다. 미국에서의 나와 P의 위치는 한국에서와 다를 수밖에 없었고, 우리는 누구든 언제든지 혐오의 대상이 될 수 있다는 사실을 다시 한번 뼈저리게 깨달았다.

어지간히 손 씻기 싫어하는 사람이 많은 한국에서 이 바이러스가 유행하기 시작하면, 손 안 씻는 사람들 때문에 나라가 곧 엉망진창이 되겠다는 생각이 들었다. 그리고 한국보다 손을 안 씻는 사람이 더 많아 보이는 뉴욕은 더 심각할 것이 당연했다. 감염 예방을 위해 30초 정도 손을 씻으면 된다고 들었지만, 수술실에 들어가기 전에 비누와 솔을 이용해서 3분 이상 손을 씻는 의사들을 생각하면 30초는 너무 짧게 느껴졌다. 그때부터 외출 후에 비누칠을 1분씩 해가며 공들여 손을 씻기 시작했다.

3장

2020년 2월

확산되는 질병

2월이 되자마자 중국 정부에서 코로나19 희생자들을 매장하지 말고 화장할 것을 권고하였다.* 에볼라바이러스 유행의 큰 원인이 되었던 서아프리카의 장례 방식** 만큼은 아니겠지만, 여전히 장례 과정에서 감염될 위험성이 있다고 판단한 것이 분명했다.

일본에 정박한 다이아몬드 프린세스 호 내부에서

* 중국은 문화 대혁명 시기부터 정부 차원에서 화장을 권장하고 있지만, 여전히 매장 관습이 남아있다.

** 장례식에서 조문객들이 고인의 시신과 접촉하며 애도하는 문화가 있다.

확진자가 발생해 선내 감염이 일어나고 있는 게 분명했지만, 일본 정부는 이렇다 할 대책을 내놓지 않았다. 며칠 지나지 않아 비슷한 처지의 수많은 크루즈들이 기항지에서 정박을 거부당하고 받아주는 곳을 찾아 떠돌게 되었다.

그 와중에 홍콩을 출발하여 일본 요코하마로 향하던 크루즈 웨스터댐 호는 일본, 대만, 필리핀, 괌 등에서 모두 거절당하다가 캄보디아 정부의 온정적 조치 하에 겨우 정박할 수 있었다. 이후 승객의 절반을 먼저 하선시킨 뒤, 항공편 등을 통해 귀국시키는 조치를 취했다.

그러나 하선 시 확실한 검역 조치가 없었고, 하선 직후 말레이시아로 이동한 미국인 여성이 공항에서 확진 판정을 받으면서 상황은 더욱 혼란스러워졌다. 결국 나머지 승객의 하선은 중단되었다.*

이런 뉴스들이 이어지면서 미국에서도 코로나19 관련 뉴스의 비중이 점점 커졌다. 미국인들, 특히 베이비부머 세대와 그 이전 세대가 전 세계 크루즈 산업의 주요 고객인데, 이들이 별도의 검역 조치를 받지 않은 채 산발

* 말레이시아는 이후 캄보디아로부터의 입국을 중단시켰다.

적으로 귀국하고 있었다. 코로나19가 확산되는 것은 시간 문제 같았다.

2월이 시작됨과 동시에 장 보는 방식을 바꾸었다. 원래는 주방과 냉장고가 작아 식재료를 매일 필요한 만큼만 사서 요리했는데, 매번 신선한 재료를 구하러 외출하는 것이 심리적으로 부담이 되어서 평소보다 사는 양을 늘렸다. 또 미국 최고의 셰프 토머스 켈러에게서 배운 야채 피클을 꼬박꼬박 만들기 시작했다. 색색의 당근과 파프리카, 양파, 콜리플라워, 샐러리에 각종 허브와 고수 씨, 후추를 넣어서 달고 시원한 맛을 냈다.

늘 맛이 궁금했지만 만들 엄두가 나지 않던 계란 피클도 처음 시도해보았다. 계란 피클은 시원하고 새콤하니 맛있는데 금방 질겨진다. 또 노른자의 색이 변하게 삶지 않았는데도 병과 식초에서 계란 냄새가 나기는 했지만, 정작 꺼내 먹으면 간식거리로 딱이었다. 감자 샐러드나 샌드위치 등에 넣어도 맛있다.

미뤄둔 집수리도 시작했다. 집에서 나가질 않고 하루 종일 뉴스만 보니 생각보다 손에 잡히는 일이 많았다. 블로그에 글도 열심히 썼다. 귤과 라임, 씨 없는 포도를 말려 간식도 만들었다. 미국에서 흔히 살 수 있는 간식들은 포장 단위도 너무 크고 맛도 너무 '미국스러운' 맛이라 손이 가지 않았는데, 건과일을 만들어 냉장고에 보관해두니 오래가기도 하고 맛이 상큼해서 그냥 먹기도 좋았다. 물에 우려 과일 차를 만들거나 술을 마실 때 간단한 안주로도 좋아서, 요즘도 자주 만든다.

여러 가지 과일을 말려보았는데 역시 깨끗이 씻어 껍질째 얇게 썰어 말린 귤이 내 입맛엔 제일이었다. 두꺼우면 말렸을 때 껍질이 단단하여 씹기가 어렵고, 너무 얇으면 과육이 종잇장처럼 말라서 먹을 게 없어지기 때문에 적당한 두께로 저며야 한다.

포도는 코튼 캔디(솜사탕)라는 품종이 눈에 띄어서 사 왔다. 날것으로 먹었을 때 달콤한 향은 나지만, 맛은 썩 좋지 않아서 통째로 말려보았다. 그러자 말리는 내내 집 안에 솜사탕 향이 가득했다. 온도를 조절해가며 12시간을 말려도 껍질 탓인지 크기 탓인지 수분이 많이 남은 채 쪼그라들지 않아서 그냥 큼직하게 말렸다. 그러자 겉면에 설탕이 맺혀 끈적거리면서도 달콤한, 솜사탕 향이 가득

한 간식이 되었다. 격리 기간 내내 탄산수를 마실 때마다 몇 개씩 먹었다.

14일경에는 몇 편 안 되는 블로그 글을 브런치에 올렸다가 작가 승인이 되었고 카라멜라이징한 양파나 피클을 만들어 먹은 이야기를 추가로 올렸다. 양파 이야기가 다음과 브런치 메인에 올라가는 바람에 조회 수가 상상할 수 없을 만큼 높게 나와서, 연초에 다짐한 대로 좀 더 열심히 써야겠다고 마음먹었다.

퀸즈의 오래된 아파트에 살고 있어서 집 구석구석 빈틈이 많았다. 특히 아무리 음식 찌꺼기를 치우고, 좋다는 살충제를 쳐도 바퀴가 사라지지 않아서 골머리를 썩이던 중이었다. 한 종류가 아니라 사이즈 별로, 무늬 별로 온갖 바퀴가 다 나와서 그때마다 매번 거품 나는 락스를 왕창 뿌리고 경련을 일으키며 죽어가는 바퀴를 부들부들 떨며 치워야 했다. 몇 번을 반복해도 이 과정은 도무지 익숙해지지 않았다. 평생 게으름에 능했는데, 바선생(?)이 또 나올지도 모른다는 두려움은 게으른 나를 밥 먹고 바로 설거지하는 사람으로 바꾸었다.

아무래도 집과 집 사이의 틈을 통해 동가식서가숙하며 사는 바선생들이 많으신 것 같아서, 물이 샐 만한 곳을 싹 뜯어내고 말린 후 실리콘으로 새로 메꾸었다. 바닥과 벽, 라디에이터와 기타 배관 근처의 틈을 집수리용 퍼티로 메꾸고 새로 약을 쳤더니 바선생들의 출현 빈도와 범위가 눈에 띄게 줄어들었다. 눈에 보이고 손이 닿는 틈을 찾아내 모두 막은 지 사흘쯤 지나자 바선생이 하나도 보이지 않아서 P와 기쁨의 춤을 추었다. 신경 쓰지 못했던 밀린 집안일과 집수리를 하는 것이 소소한 기쁨이 되어주었다.

부지런히 밀린 일들을 하는 와중에 틈틈이 유튜브로 뉴스를 챙겨보았다. 정확히는 새로운 뉴스가 보이지 않으면 그때 좀 더 생산적인 일을 했다고 보는게 맞을지도 모른다.

중간중간 나오는 유튜브 광고로 세계 3대 크루즈 선사, 정확하게는 로열 캐리비안의 크루즈 광고와 일본 관광 광고가 수도 없이 나왔다. 아무 이상 없는 크루즈들조차 정박할 곳을 찾지 못해 바다 위를 헤매고 있고, 앞으로 코로나19 대유행이 일어날 것이 자명해 보이는데 저런 광고가 나오고 있다니. 저 광고들을 보고 관광 상품을 결제한 사람들이 어떻게 될지 좀처럼 상상이 되지 않았다.

한참 전에 주문한 마스크가 아직 중국을 출발하지도 않았는데, 중국-미국 간 국제 우편이 중단될 예정이라는 소식이 들려왔다. 일시적 중단인지, 혹은 검역을 위해서 14일 간격을 두고 배송을 한다는 건지 불분명했다. 이런 소식이 들리는데도 주변은 평소와 다를 바 없이 너무 평화로워서 더 불안해졌다.

누구보다 빠르게 남들과는 다르게, 사재기

우한 봉쇄령을 시작으로 중국 춘절 연휴 내내 쏟아지는 한국 뉴스를 보고 조금 불안했지만, 지리적으로 멀어서 그런지 크게 와닿지는 않았다.

그런데 1월의 마지막 날, 오랜만에 장을 보러 코스트코에 갔더니 중국인으로 보이는 동아시아인들이 모두 마스크를 쓰고 있었다. 또다시 불안감이 들어서 예정보다 식료품을 약간 더 샀다.

다음날 마스크를 구하려고 했는데 동네 약국 7곳 모두 마스크가 없었다. 사실 뉴욕에 머무른 3년간 단 한

번도 산업용 마스크를 제외한 다른 마스크를 본 적이 없다. 지금 사는 집이 중앙 난방이라 간절기 때는 밤이면 집이 추워서 방한용 천 마스크를 사려고 돌아다녀도 봤고, 2017년과 2018년 독감 시즌에 사보려고도 했었다. 그러나 천, 덴탈, 미세먼지 마스크 모두 중국에서 직구하는 방법 외에는 구할 수가 없었다. 올해도 마찬가지였다. N95 마스크(산업용 방진 마스크)는 홈디포* 등에서 구할 수 있겠지만, 코로나19는 공기 감염은 아닌데다가 N95는 얼굴에 완전 밀착시켜야 해서 쓴 채로 숨 쉬기도 힘든 등급이었다. 그럴 필요까지는 없다는 생각이 들어서 오프라인 매장에서의 구매를 포기했다.

대신 아마존에서 마스크를 주문하려고 보니 전부 품절 상태였다. 대부분의 마스크 판매자가 중국에서 물건을 직접 보내는 상황인지라, 중국 밖으로까지 마스크를 보낼 여력이 없는 듯했다. 또 미국 내에 얼마 있지 않은 재고마저도 중국인들이 사재기함과 동시에 구할 수 있는 만큼 그러모아 중국의 친인척들에게 부치고 있을 거라는 생각

* 건축 및 인테리어 자재를 파는 상점.

이 들었다.

평소와 달리 판매하지 않는 물품들이 판매되는 것처럼 표시되는 경우가 많아서 일반적인 검색 방법으로는 도무지 판매 중인 마스크를 찾기가 불가능했다. 다방면으로 검색한 끝에 천 마스크 4장을 20달러에, 덴탈 마스크 50장을 30달러에 구매했다. 너무 적게 주문했나 후회가 되어서 다음날 재주문하려 했더니 같은 상품의 가격이 오전에는 85달러였고, 오후가 되자 125달러로 올랐다. 이미 알게 모르게 사재기가 시작되었던 것이다.

천 마스크는 며칠 후에 배달 완료라고 안내되었지만, 영영 받을 수 없었다. 배송 과정에서 실수로 사라졌는지, 아니면 배달 완료 후에 누군가 훔쳐갔는지 알 수 없지만, 중요한 건 이런 일이 밥 먹듯이 일어난다는 사실이다. 종종 집 앞에 좀도둑의 얼굴이 찍힌 경고문이 붙곤 하지만 잡아서 배상을 받았다는 이야기는 들어본 적이 없다. 가끔은 엉뚱한 주소의 택배가 집 앞에 몇 주씩 놓여 있기도 한다. 미국 택배 박스는 한국과 달리 내용물이 무엇인지 표기되어 있지 않은데도 이렇게 무작위로 사라지는(훔쳐가는) 경우가 허다하다. 그래서 이번에도 놀랍지 않았다.

그 외에 70퍼센트짜리 표면 소독용 아이소프로필 알코올와 펌프형 손 소독제, 가방이나 열쇠고리에 부착 가능한 실리콘 스트랩이 붙어 있는 휴대용 손 소독제를 사 두었다. 락스, 포비돈요오드, 과산화수소수 등의 소독제들은 언제나 종류별로 갖춰두고 있었기 때문에 모자란 것을 적당히 챙기는 정도에서 멈추었다. 진열장에 물건이 아예 없지는 않았지만, 어느 가게를 가도 많이 남아있지는 않았다. 나중에 분명히 구할 수 없어지거나 구할 수 있더라도 사재기와 되팔이(암시장) 때문에 말도 안 되는 가격으로 사야 할 게 분명했다.

나중을 대비해 중국 사이트에서 직접 천 마스크와 덴탈 마스크를 어느 정도 주문했다. 아무도 마스크를 쓰지 않지만 이미 미국 내 마스크 수급이 원활하지 않은 것, 중국 정부의 강도 높은 봉쇄 조치, 미국 정부의 '다 괜찮다, 잘 통제되고 있다(그러나 누가 무엇을 하고 있는지는 아무도 모른다)'는 공허한 시그널. 그 모든 것이 불안했다. 2개월 후에는 분명히 상황이 역전될 것이라는 느낌이 왔고, 불안한 예감은 언제나 들어맞는다.

이후에도 나름 지속적으로 대비를 한다고 필요한

물품을 요리조리 잘 챙겼는데도 불구하고, 우리는 닌텐도 스위치, 링 피트(닌텐도 스위치용 피트니스 게임), 비상 약품, 체온계, 산소 포화도 측정기를 사 두지 않은 것을 나중에 두고두고 후회하게 된다.

아카데미 시상식과 인종 차별의 전조

한국에서 '코로나19는 중국 정부가 개발 중이었던 인위적인 생물학적 무기'라는 루머가 돌기 시작했다. 중국과의 갈등을 조장하는 분위기가 팽배해졌고, 중국 정부에 대한 신뢰의 부재와 중국인에 대한 혐오가 겹치고 겹쳤다. 올 것이 왔구나 싶은 생각이 들었다. 이런 루머들이 돌고 돌다가 국가 간의 분쟁을 일으킬 만큼 사태가 커질 것이 분명했다.

1월 20일, 미국과 한국에서 첫 확진자가 동시에 발생했다. 2월 1일, 미 행정부는 코로나19 유행으로 인한 공중 보건 비상사태를 선포했다. 선제적 조치를 취하겠지만 미국 내 감염 확률은 아주 낮다고 발표했다. 워싱턴주, 일리노이주, 캘리포니아주 등지에서 우한에 다녀온 사람과 그 접촉자 위주로 산발적인 확진자, 의심 환자 보고가 드문드문 이어졌다.

한국에서는 3차 감염이 진행 중이었다. 20명 남짓한 사람들이 확진 판정을 받았다는 보도가 났다. 어디 사는 방년 몇 세의 김모 씨는 어디서 어떻게 코로나19에 걸렸고, 누구에게 옮겼다는 정보가 뉴스에서 대서특필되었다.

반대로 미국은 인종이나 국적은 알려주지 않았고, 언론사마다 성별과 나이가 다르다거나 하는 식으로 기본 정보조차 정확하지 않았다.

거주자와 유동 인구가 전 세계에서 가장 많은 축에 속하는 뉴욕에서 확진자가 하나도 나오지 않는 게 너무 기묘했다. 계속 《세계대전 Z》가 생각났다.

3일에는 P와 함께 링컨 센터 시네마테크에서 〈기생충〉 흑백 버전을 보았다. 이미 한국과 미국에서 각각 한 번씩 보았고, 흑백으로 만들지 않은 영화를 흑백으로 바꾸기만 했을 거란 생각에 약간 고민했지만, 앞으로 극장에서 영화를 보기 힘들어질 것 같아 시간을 쪼개어 외출했다.

9일, 〈기생충〉이 아카데미상을 수상했다. 〈기생충〉은 2019년 5월에 받은 칸 황금종려상 이후로 온갖 영화제와 작가 협회의 상을 쓸어담고 있었다. 그리고 봉준호 감독이 아카데미를 '로컬(지역적) 영화제'라고 언급한 이후 미국 내에서는 '비 백인 영화'의 취급에 대한 여론이 꽤나 격화되었다. 수많은 흑인 작가나 감독, 배우가 참여한, 좋은 평가를 받은 영화가 수상 대상작에도 뽑히지 못했기 때문이었다. 또 영화 〈그린북〉이 내외적으로 여러 가지 문제를 안고 있었음에도 불구하고 2019 아카데미 작품상을 수상하는 바람에 아카데미 회원의 대다수를 차지하는 백인들의 시각에 대한 비판 또한 계속해서 이어졌다.

게다가 올해 아카데미 수상식 인터뷰에서 ABC 뉴스 기자의 "왜 영화를 한국어로 만들었나요?"라는, 한국인 입장에서 황당하기 그지없는 질문이 언론을 타기도 했다. 그 와중에 트럼프 대통령이 한국과는 현재 무역, 주한미군 방위비 분담금 등의 문제가 있는데, 〈바람과 함께 사라지다〉나 〈선셋 대로〉 같은 좋은 영화들을 놔두고 왜 한국 영화에 작품상을 주는지 모르겠다('외국어 영화상'을 주면 되지 않느냐는 태도였다)는 식의 트윗을 해서 상황이 더 우스꽝스러워지기도 했다.

〈바람과 함께 사라지다〉는 1940년 아카데미 8개 부문 수상작이다. 한국에서는 전쟁통의 로맨스 정도로 이해되는 작품이지만, 사실은 당시의 시대상을 파악하는 데 있어 그 이상의 의미가 있다. 당시에는 너무나 당연한 일이었겠지만, 이제 이 영화는 흑백 분리와 인종 차별을 정당화하는 시각으로 미국 사회를 다룬 것으로 악명이 높다. KKK에 연루된 인물들을 문제 없는 것처럼 다루고 있어 문제가 되기도 했다. 최근에는 미국의 유명 유료 케이블 채널이자 스트리밍 사이트인 HBO 맥스HBO Max에서 〈바람과 함께 사라지다〉를 내렸다가 두 개의 부가 경고 영상을 달고 재출시하는 사건이 일어났다.

또 1950년 아카데미 3개 부문 수상작인 〈선셋 대로〉의 감독 빌리 와일더는 오스트리아 태생으로 유태계 이민자이다. 그러니까 트럼프 대통령이 말한 두 영화 중 하나는 지나치게 미국적이고, 또 하나는 평소 그의 기준만큼 미국적이지 않다.

요즘은 한국의 왓챠플레이나 미국의 넷플릭스 같은 스트리밍 플랫폼이 다양해졌다. 그중 평점과 평가를 남길 수 있고 다른 사람의 평가도 읽을 수 있는 거의 유일한 플랫폼이 바로 '아마존 프라임 비디오'이다. 아마존 프라임 비디오에는 미국 보수적 가치관을 지지하는 사람, 그러니까 종교에 심취해 있거나 총기 소지의 자유와 외국인 차별을 외치는, 전형적인 트럼프 지지자로 보이는 사람들이 리뷰를 많이 쓴다.

그래서인지 아마존 프라임 비디오의 초창기 〈기생충〉 평점은 몹시 나빴다(지금은 많이 회복되었다). "너네 나라로 돌아가라" "외국어 영화가 상을 받다니, 한국인들이 돈으로 로비한 게 틀림없다" "좌파의 선동이다" "너무 우울하고 교훈적이지 않다" "오스카는 잘 사는 서부 백인들의 취향을 고려한 영화제여야 한다" 등 영화를 보지도 않았을 것 같은 이들의 평가가 줄줄이 달려 있었다. 아마존 프라임 서비스를 많이 사용하는, (아마도) 미국 중서부 교외 지역에 사는 중산층 백인들의 평균적인 세계에 대한 인식이(사실 대도시의 백인들도 일부를 제외하곤 인식이 아주 크게 다르진 않다) 어느 수준인지 엿볼 수 있는 단적인 예이다.

이러한 인식 수준은 나라를 가리지 않고 등장했다. 2월 중순부터는 한국 언론에서도 본격적으로 중국 혐오 기사를 내보내기 시작했다. 모든 게 남 탓인 사람들이 국내외 문제를 단순화하고 손쉬운 해결 방법을 찾기 위해 머리를 굴려 '남', 즉 국내에 거주하는 한국계 중국인, 중국인, 베트남인 들을 타깃으로 삼은 것이다.

이는 전 세계 인종 차별주의자들의 공통적인 특성이다. 미국에는 집합적인 이민자(특히 중남미계*), 독일에는 터키계 이민자, 프랑스에는 아프리카계 이민자, 영국에는 인도, 파키스탄계에 대한 증오 선동을 하는 사람들이 넘쳐난다. 옆 나라 일본도 심심하면 재일 민단과 조총련계 한국인 때문에 일본이 발전을 못하고 되는 게 없다는 이야기를 떠들며 혐오를 일삼는다. 어떻게든 차별하려고 기회를 노리는 '명예 백인' 인종 차별주의자들이 한 보따리다.

* 이전에는 유태인과 아일랜드인 들이 비하와 증오의 대상이었다. 특히, 줄어들었던 유태인 대상 증오 범죄가 트럼프 대통령 취임 이후로 늘어나고 있다.

코로나 19로 한참 시끄러운 중국에서도 뜬금없이 흑인들이 건물 내 입장이나 서비스를 거부당하는 차별을 당했다.

물론 우리나라도 예외는 아니다. 한국의 인종 혐오는 아주 심각한 수준인데도 잘 모르는 사람들이 꽤 많다. 어느 언론사에서는 '신종 코로나 창궐하는데 13억 인도는 감염자 단 3명, 왜?'라는 자극적인 제목으로 어처구니없는 기사를 써내기도 했다. 인도 날씨가 더워서 그렇다는 등 사실 확인도 안 된 유사 과학 수준의 기사였다. 같은 시기 중국은 확진자가 4만 명이 넘었고, 열대 기후인 태국, 싱가포르도 감염자가 늘어나는 추세였다. 갠지스 강물의 치유 효과만 안 나왔지 말도 안 되는 선동이었다. 인도는 신종 플루의 주기적인 유행으로 많은 사람들이 고통받는 국가이며, 현재도 많은 코로나19 환자들이 발생하는 중이다.

이후 이런 선동들은 어느새 마치 사실인 양 퍼졌다. 중국인 입국을 차단했으면 국내의 코로나19 유행을 막을 수 있었다는 근거 없는 주장이 힘을 얻게 됐다. 한국과 중국을 오가는 사람과 물자들이 그토록 다양한데, 마치 중국인만 바이러스를 옮길 수 있다는 듯이 말이다.

미국에서도 같은 현상이 일어났다. 광범위한 지역 감염이 시작되기 전인 2월 2일, 미국 정부는 중국으로부터의 외국인 입국을 금지했다. 그리고 질병의 원인인 중국인들을 막은 것으로 할 일을 다 했다는 듯이 아무런 후속 조치도 취하지 않았다.

국내 언론들은 미국 정부의 조치에 발맞추어 지속적으로 한국 정부를 비난했다. 하지만 국경만 걸어 잠그고 아무런 대비도 하지 않은 미국의 현재 상황은 누구나 알고 있을 것이다. 2020년 8월, 미국의 코로나19 감염자 수는 500만 명을 넘어섰다.

미국 뉴스에서도 코로나19를 '중국 병'이라고 언급하는 지속적으로 사례가 늘어났다. 미국 경제지 〈블룸버그〉는 코로나19라는 공식 명칭 대신에 '차이나 바이러스'라는 명칭을 썼고, 뉴욕 CBSN 뉴스조차 중국 내 코로나19 확산 소식을 보도할 때 계속 맨해튼에 위치한 차이나타운과 뉴스에서 언급조차 되지 않은 한국의 영상을 보여주었다.

이 웃지 못할 사건들에 희극적인 요소가 더해졌다. 사람들이 멕시코산 코로나 맥주가 코로나19를 옮기는

지에 대해 구글에 검색한 것이다. 실제로 그렇게 생각하는 사람들과 그냥 꺼림칙한 느낌에 사지 않기 시작한 사람들 때문에 코로나 맥주의 판매량이 급감하는 사태가 벌어졌다. 한 조사에 따르면 맥주를 마시는 미국인의 38퍼센트가 어떤 상황에서도 코로나 맥주를 절대 마시지 않을 것이라고 답변했으며, 16퍼센트가량은 코로나 맥주가 코로나19와 무슨 관련이 있는지 알 수 없어 혼란스럽다고 답했다. 이 나라에서는 이렇게 말도 안 되는 주장들이 종종 힘을 얻기도 한다. 이 여파로 멕시코에서 코로나 맥주 생산이 중단되기도 했다.

2월 26일, 트럼프 대통령은 "의료 보건 분야에서 뛰어난 업적을 세운" 마이크 펜스 부통령을 코로나19 대응 총괄에 임명하였다. 그러나 트럼프 대통령의 찬사와 달리 펜스 부통령은 인디애나 주지사 재직 당시 주사 바늘을 공유하면서 마약 중독자 간에 전파되는 HIV, HBV 등의 질병 확산을 막기 위한 '소독된 바늘 교환 사업'과 에이즈 검사 예산 등을 모두 삭감한 전력이 있다. 주지사가 주내 HIV 감염자를 빠른 속도로 늘리는 데 일조한 셈이다.

그랬던 사람이 코로나19의 대응 총괄이 되었다. 정말 알면 알수록 놀라운 나라다.

종교 근본주의와 31번 확진자

한국은 확진자가 몇 명 발생하지 않았을 때부터 중앙재난안전대책본부와 질병관리본부에서 일일 브리핑을 시작했다. 한국의 상황을 왜곡 없이 알 수 있을 것 같아서 매일 챙겨보았다. 현재 감염자 수는 적지만 코로나19의 특성도 잘 알지 못하는 데다가 기초감염재생산수*가 높은 것으로 추정되고, 중국에서 시행한 것과 같은 강도 높은 봉쇄 조치를 시행할 수 없기 때문에 가능한 모든 조치

* 감염자가 없는 집단에 첫 감염자가 발생하였을 때 감염자가 평균적으로 감염시킬 수 있는 2차 감염자의 수.

를 다 취해서 대유행으로 번지는 상황을 막을 계획인가 싶었다. 메르스 유행 시작부터 종식 선언까지의 악몽을 다시 반복하고 싶은 사람은 아무도 없었을 것이다.

그러나 기독자유통일당의 고영일 대표는 "코로나19 감염 예방 협조 요청은 종교 탄압"이라며 지자체의 모임 및 집회 자제와 방역 계획 수립에 대한 협조 공문에 반발하기도 했다.

상황이 어느 정도 한국 정부의 통제 하에 놓여 있다고 생각한 2월 17일, 31번 환자의 확진 소식이 들려왔다. 2월 20일, 신천지 대구 교회에서 38명의 추가 확진자가 나오면서 본격적인 지역 감염이 시작되었다. 신천지 교주 이만희는 총회장 특별 편지를 통해 신도 중 확진자가 대거 속출한 것을 두고 "마귀의 짓"이라며, 신도들에게 믿음을 굳게 해야 시험을 이겨낼 수 있다고 주장했다.

신천지 예수교 증거장막성전은 1984년 창시된 신흥 종교이다. 한국에서는 일부 신흥 종교들이 사이비, 이단, 유사 종교 등으로 불리고 있는 반면,종교의 자유를 특히 중시하는 미국에서는 신흥 종교 운동New religious movement*이라는 용어도 많이 쓰이는 추세이다.

일반적으로 사용되는 '컬트Cult' '섹트Sect'라는 단어는 사회적 문제가 있는 종교에 흔히 붙는다. 그러나 이 단어들이 한국처럼 아주 부정적인 용어로 사용되지는 않는다. 특히 한국 개신교계에게 이단으로 배척받는 많은 종교들이 미국에서는 기독교계 분파나 보편 종교로 인정받으면서 많은 신도와 오랜 역사를 가지고 있는 경우도 있다. 1830년경 조셉 스미스 주니어가 설립한 예수 그리스도 후기 성도 교회가 대표적인 예이다. 흔히 '모르몬교'라고 불리는 이 종교는 미국 유타 솔트레이크 시티에 본부를 두고 있으며 (일부다처제로 자주 문제가 되는) 원리주의, 자유주의 분파도 존재한다.

그 외에도 1860년에 설립된 제칠일안식일예수재림교회, 1870년대에 설립되어 뉴욕주에 본부를 두고 있는 여호와의 증인 등 각종 재림파, 회복주의 종교들이 다수 존재한다. 전 세계적으로 오래도록 이단 취급을 받아온 재세례파 신자들도 박해를 피해 신대륙으로 건너와 정

* 신흥 종교 + 시간 = 보편 종교 라는 공식으로 흔히 설명된다.

착한 지 벌써 4세기째다.

크리스마스 시즌이 되면 뉴욕 주요 지하철, 특히 그랜드 센트럴 역 안팎에서 마치 아마겟돈이 임박한 모습처럼 치러지는 종교 전쟁(?)을 볼 수 있다. 1년 365일 언제나 지하철의 배경을 차지하고 있는 여호와의 증인 선교사들, 19세기에서 온 아미쉬 성가대, 블랙 가스펠 합창단, 백인 중장년층으로 이루어진 성조기와 십자가 부대, 흰 보가 덮인 작은 테이블에 메노라Menorah*를 세워두고 홍보물을 나눠주는 초정통파 유태교Haredi Judaism** 홍보단 그리고 구세군의 자선 냄비와 종소리로 거리는 쉴 틈이 없다.

평소에는 믿음의 자유를 존중해서 우르르 몰려가 누굴 괴롭히지만 않는다면 외계인을 믿든, 재림 예수를 믿든, 날아다니는 스파게티 괴물을 믿든 나와는 상관없는 일이라고 생각했다. 그저 사람들이 무엇을, 왜 믿는지 흥미롭게 지켜봤을 뿐이다. 그런데 코로나19가 유행하면서 신

* 유태교를 상징하는 일곱 갈래의 촛대.

** 유태교 율법인 '할라카'를 지키고 옛 삶의 방식을 고수하며 세속주의를 배척한다. 근본주의 유태교라고도 불린다.

천지 같은 유사 종교뿐만 아니라 보편 종교의 원리주의 분파들마저도 사회적으로 끼치는 해악이 생각보다 많다는 것을 알게 되었다.

한국의 신천지 교회 코로나19 집단 감염 사건을 비롯해 일부 교회 목사들의 기상천외한 주장들이나 미국 복음주의 교회 목사들의 코로나19 퇴치 기도 방송*, 초정통파 유태교 커뮤니티 내의 홍역 사건, 기초 방역 수칙 무시로 인한 교회에서의 높은 감염률 등을 보면서 얼핏 보기에는 질병과 크게 관련 없어 보이는 종교 근본주의가 생각보다 질병의 확산에 크게 기여했음을 알 수 있었다.

일이 벌어지기 전에는 아무도 질병에 대해 몰랐고, 제대로 대비할 수 없었을지 모른다. 하지만 일이 터진 다음에도 보건 당국의 방역 수칙을 어기는 일부 종교인들의 행동은 비종교인의 눈에는 의아하기까지 하다. 심지어 어느 나라에서는 정부의 수반까지 이런 황당무계한 주장을 지지하면서 마스크 미착용 등을 권장하기도 하니, 정말

* 미국의 유명 전도사 케네스 코플랜드Kenneth Copeland는 미국에 홍역이 유행하던 시절, 교회에 오면 공짜 면역력을 획득한다는 기묘한 주장을 펼친 적이 있다. 코로나19가 유행하자 비슷한 주장들이 다시 펼쳐지기 시작했다.

이해하기 어려운 일이다.

특히 신천지는 코로나19가 유행하는데도 우한에서 전도 활동을 펼쳤고, 집단 감염이 발생한 후에도 신도들에게 지속적으로 예배하기를 권장했으며, 방역 당국에 접촉자 정보를 밝히지 않아서 밀접 접촉자 관리에 어려움을 가져왔다. 간혹 자신이 (예비) 신도인 줄도 몰라서 방역 당국의 연락을 받은 후에 관련 사실을 알게 된 사람도 있었다.

대구의 상황이 잠잠해지자 신천지 대구 교회 신도들이 항체 혈장 공여에 자발적으로 참여하고 있다며 '신천지의 피로 세계를 해방한다'는 식의 기사가 보도되었다. 방역 조치를 준수하지 않아 비판받았던 사실을 무마하려고 애쓰는 것으로 보인다. 중국인 입국 금지를 하지 않은 정부와 중국인을 도매금으로 비난하며, 해당 재단 산하의 언론인 〈천지일보〉와 각종 SNS를 통해 자신들은 그저 어쩌다 코로나에 걸렸을 뿐인 피해자인 양 공작을 펼치고 있다.

트위터에서는 2월 23일부터 중국인 입국 금지를 해야 한다고 주장하는 글들이 쏟아지기 시작했다. 동시에 이들은 중국 정부와 중국인을 비난하기 시작하며 중국이 질병의 근원이고 신천지는 피해자일 뿐이라고 주장하기 시작했다. 유사한 메세지가 작성된 이 글들을 올리는 계정들은 동물이나 꽃, 취미 관련 이야기를 하다가 중간에 종교 이야기를 끼워 넣어 어느 단체와 관련이 있는지 알아보기 쉽다.

일부 교회들은 지자체의 가이드라인을 무시하고 교회에 모여 예배를 드렸다가 집합 금지 명령을 받기도 했다. 신도들은 실내에서 마스크를 제대로 착용하지 않거나, 모여서 식사를 했다. 기도를 하면 천국에서 신선한 공기가 머리 위로 내려오기 때문에 믿는 자는 마스크를 쓰지 않아도 코로나19에 걸리지 않는다고 주장한 종교인도 있었다.

미국에서는 코로나19 유행은 트럼프를 음해하려는 음모라며, 사실 이번 바이러스는 사람에게 그렇게 해롭지 않고 그마저도 믿음이 깊으면 면역력이 생긴다고 주장했던 목사가 있었다. 그는 버지니아주의 첫 사망자가 되었다. 또 코로나19 사태가 믿음의 시험이라며 예배를 중지하면 안 된다고 하면서 계속 모임을 강행하다가 구속된 목사도 있었다. 앞에서 언급한 케네스 코플랜드 전도사 또한 기도를 하면 신의 바람이 바이러스를 없애준다고 주장했다. 그가 찍은 영상을 보면 코로나19 퇴치 기도를 할 때 '푸' 소리가 나도록 화면을 향해 입바람을 분다. 한국 어느 교회에서 성수를 신도들에게 스프레이로 분무하여 집단 감염 사태가 발생한 일이 떠올랐다.

물론 다수의 교회들은 온라인 예배를 드리고 드라이브 스루 고해를 하는 등 안전하게 신을 섬기며 서로의 안녕도 지키고 있다. 그러나 매일 확진자 최고치가 갱신되고 있는 지금까지도 여전히 종교의 자유가 침해당한다고 시위를 하거나 마스크 및 기타 안전 조치 없이 집단 예배를 가지는 일들이 일어나고 있다.

이란의 최고 종교 지도자 알리 카메네이는 코로나19 유행 초기에 성지 방문을 적극 권장했다. 이에 시아파 무슬림들은 유명 성지 중 하나인 파티마 마수메 사원 등 여러 성지를 방문했다.

코로나19 사태가 확대되자 이란 정부는 성지 방문을 자제할 것을 권고했다. 어떤 사람들은 그 방침에 반발하며 일부러 사원 문살에 입을 맞추고 핥기도 했다(이 사람들은 다행히 체포되었다). 정부 주요 인사들이 코로나19에 감염되거나 시신을 처리하지 못해 집단 매장하는 상황에 이르자 주요 성지에서의 집회가 완전 금지되었다. 이에 반하는 이들이 사원 앞에 모여 재개방을 촉구하는 시위를 하며 사원 문을 뜯고 들어가려다 경찰에 의해 강제 해산되었다. 이 과정에서 사원의 문이 일부 훼손되기도 했다. 그들은 WHO가 불신자와 유태인 들이 조종하는 기관일 뿐이며, 자신들은 WHO의 권고를 따르지 않을 것이라고 강하게 항의했다. 당연히 마스크는 아무도 쓰지 않았다.

어떤 초정통파 유태교인들은 결혼식, 성년식, 축일 행사 등을 평소대로 즐겼다. 무슨 발표가 나든 많은 사람들이 실내에 모여 껴안거나 큰 소리로 노래를 불렀다. 손에 손을 붙잡고 원을 그리며 춤을 추었다. 또 음식을 나눠 먹으며 기쁨뿐만 아니라 바이러스도 함께 나누었다. 시너고그*에서의 예배도 멈추지 않았다.

미국과 이스라엘의 많은 초정통파 유태인들은 세

* 유태교 공동체의 회당.

속 사회에서 격리된 상태로 산다. 이들의 공동체는 인터넷과 라디오, 텔레비전 등을 금지하고 있다. 또 아주 이른 나이에 결혼해서 가능한 많은 아이를 낳는다. 자식들은 유태인 학교에서 종교적인 교육을 받는다. 일반적인 기초 교육을 일절 받지 않는 경우도 있다. 경제적 활동 또한 거의 하지 않으면서 대가족을 이루고 살며, 생계는 정부 보조금과 주택 보조금 등을 받아서 꾸린다. 하지만 그들은 자신들이 누리는 모든 것은 정부로부터 나오는 것이 아니라 신에게서 나온다고 주장한다.

이스라엘 정부에서 단체 모임과 집회를 금지하며 집회 장소를 폐쇄하자, 그들은 그곳에 모여 시위를 했다. 경찰에 돌을 던지는 폭력적인 방식으로 시위가 진행되는 바람에 3백 명 가까운 시위대가 체포되기도 했다. 4월에는 브루클린에서 코로나19로 사망한 랍비의 장례식에 2천 5백 명 이상이 운집했다. 그나마 많은 수가 마스크를 썼지만, 거리 두기는 여전히 이루어지지 않았다. 그리하여 이스라엘의 코로나19 입원 환자의 절반이 초정통파 유태인인 상황에까지 이르렀다.

앞에서 언급했듯 2018-2019년 뉴욕 홍역 유행

의 중심지도 이 초정통파 유태인 커뮤니티였다. 커뮤니티 내에 백신이 자폐증을 유발하고 낙태된 태아 세포가 원료로 사용되었다는 흔한 안티 백서Anti Vaxxer들의 주장과, 코셔*에 의해 섭취가 금지된 원숭이나 돼지, 쥐의 DNA와 젖소의 혈청 등이 섞여 있다는 거짓 정보가 퍼졌다. 홍역 환자는 1천 명이 넘어갔고 대부분 접종을 받아 멀쩡한 부모에 의해 접종을 받지 못한 영유아들이었다.

원래도 그쪽 동네는 쳐다보지도 않지만, 혹여나 브루클린에 갔다가 마주쳐서 홍역에 옮을까 두려웠다. 나이 열아홉에 나에게 수두를 전달해준 친구 덕분에 한 달을 집에서 쉬었다. 백신을 맞았지만 증상이 가볍지는 않았다. 이제 와서, 그것도 미국 땅에서 홍역에 걸리는 것만큼은 어떻게든 피하고 싶었다.

이들은 주로 자기 커뮤니티에서 활동하지만 쇼핑센터에서는 자주 마주칠 수 있다. 작년에 한국에 왔을 때 기회다 싶어서 MMR** 접종 기록을 찾아보았다. 분명히 영

* 전통적인 유태인의 율법에 따라 식재료를 선택해 조리한 음식 혹은 그 조리법.

** 홍역, 볼거리, 풍진 혼합 백신.

유아기에 접종을 받았을 텐데 전산화 되기 전이라 그 시절 기록은 남아 있지 않았다. 게다가 그때는 1회 접종이 기본이었다. 2회 접종으로 정책이 바뀐 이후, 고등학교 때 접종한 기록이 있어서 면역이 있을 거라고 생각했지만 의심스러우면 한 번 더 접종해도 상관없다고 해서 백신을 맞았다.

한창 코로나19 유행이 심각해지기 시작했을 때, P가 필요한 물건이 있어서 맨해튼에 다녀온다고 했다. 배달 받으라고 했더니 그럼 너무 오래 걸릴 것 같아서 직접 가지러간다고 했다. 이럴 때 대체 어딜 가냐고, 그렇게 급한 물건이 무엇이냐고 했더니, 작업을 위해서 필요한 사진 관련 용품이라고 했다.

뉴욕의 사진 장비 소매 업계는 유태인들이 꽉 잡고 있는데, 그중 대표적인 매장 두 곳이 'B&H'와 '아도라마Adorama'이다. 이 매장들은 직간접적으로 초정통파 유태인을 후원하는데, 특히 B&H에 가면 옆으로 땋은 머리를 드리우고 키파를 썼으며, 흰 셔츠에 조끼를 입고 반쯤 전통 복장을 한 직원들을 많이 볼 수 있다. 필요해서 사러 나간다고 해도, 다른 건 몰라도 전염성 질병이 유행할 때는 그곳만큼은 피하는 게 좋다는 말이다. 위생을 아무리 철저하게 지키려고 노력한다고 해도 그 정도의 인구 밀도와 온갖 가족 모임, 메주자Mezuzah*, 경전 공부 모임, 예배 등을 피해갈 수 있을 리가 없었다. P는 잠깐 생각해 보더니 조언을 받아들였다.

뉴욕 초정통파 유태인들의 생활상을 좀 더 알고 싶다면 넷플릭스 다큐멘터리 〈원 오브 어스〉와 〈언오소독스〉를 추천한다. 〈원 오브 어스〉는 뉴욕 초정통파 커뮤니티에서 겉돌거나 빠져나온 사람들의 이야기를 다루는 다큐멘터리이고, 〈언오소독스〉는 데보라 펠드먼이 쓴 동명의 자서전을 바탕으로 재구성한 드라마이다.

미국의 다양한 종교 집단, 그 중에 안티 백서와 쌍벽을 이루는 일부 반지성주의적 초정통파 유태인들은 이런 시기에 당연히 기피 대상이 될 수밖에 없다. 물론 그것이 커뮤니티 전체에 대한 차별이나 증오 범죄를 정당화하는 근거가 되어서는 안 된다.

* 신명기 6장 4-9절이 적혀 있는 종이를 말아 문설주에 붙인 뒤 지날 때마다 만지면서 기도한 후에 만진 손에 입을 맞추는 의식.

이렇게 근본주의 종교 공동체들은 고대의 경전과 규율을 맹신하여 백신과 마스크, 사회적 거리 두기 등을 거부하면서 자기 자신들이 최대 피해자가 됨과 동시에 다른 공동체 사람들에게도 피해를 입히고 있다. 이러한 현상은 전 세계에서 반복적으로 일어나고 있다.

다른 이들을 존중하며 더불어 살기에 중요한 가치들을 대를 이어 전달하는 것이 종교 공동체 스승들의 진정한 가르침이었을 것이다. 다양한 가치관을 포용할 줄 모르고, 누군가를 배제하는 방식으로밖에 자신들을 정의하지 못하는 종교 집단이 많아지는 것이 서글프다.

4장

2020년 3월

3월 들어 이탈리아 상황이 제법 심각해졌다. 롬바르디아 봉쇄 소식이 전해졌지만 중국 우한과 마찬가지로 예고가 있었던 터라 봉쇄 직전 중부와 남부 지역으로 많은 사람들이 빠져나갔다.

지난 겨울에 뉴욕에 놀러 왔던, 밀라노에 사는 한 지인은 고향인 에밀리아 로마냐의 파르마로 가서 상황이 잠잠해지길 기다릴 것이라고 했다. '고향'이라고 하니 멀리 가는 것 같지만, 밀라노에서 1시간 30분 정도 걸리는 거리였다. 4월에는 뉴욕에 올 계획이었는데, 상황이 이렇게 돼서 이탈리아 밖으로 나갈 수 없을 것 같다고 했다. 나는 여기도 상황이 점점 심각해져서 가능한 오지 않는 것이 좋을 거라 말하며 그의 행운을 빌었다.

이탈리아 롬바르디아 전역이 봉쇄 조치에 들어간 후 곧 미국의 유럽발 입국 제한 소식이 들려왔다. 영국은 섬이라서 제외한다고 했다. 외국인만 해당되며 자국 시민권, 영주권자는 입국 제한 대상이 아니라고 했지만, 혹시라도 항공편이 중단될까 봐 유럽 곳곳에 있던 미국인들이 어떻게든 미국으로 돌아오려고 애쓰는 모습이 이어서 보도되었다.

항공사 전화는 전부 불통이었다. 상담원과 통화하기 위해 전화를 걸면(4시간을 기다려야 한다는) 기약 없는 안내 음성만 흘러나왔다. 여행사들조차 비행기 티켓을 구하지 못했다.

이미 산 티켓을 환불받는 것도 불가능했다. 두려움에 질린 사람들이 공항으로 몰려들어 장사진을 쳤다. 평소 왕복 1천 달러도 안되던 티켓이, 편도인데도 2천 5백 달러가 넘어갔다. 현장에 있던 〈뉴욕 타임즈〉의 탐사 보도 전문 기자의 트윗에 따르면 파리 샤를 드 골 국제공항에서 출발하는 미국행 편도 티켓 가격이 약 2만 달러까지 올라갔다고 한다.

중국발 외국인 입국 금지 조치가 내려졌을 때처럼, 마스크도 쓰지 않은 사람들이 꽉꽉 들어찬 국제공항에서는 별다른 검역 조치가 없었다. 심지어 체온 측정도 제대로 하지 않았다. 한 경험자에 의하면 시카고 오헤어국제공항에선 문진표를 작성하는 정도의 강화된(?) 입국절차로도 혼란이 발생해서 짐을 찾는 데 6시간, 세관에서 2시간에서 4시간 정도를 기다려야 공항을 빠져나갈 수 있었다고 했다. 텍사스의 댈러스 포트워스, 뉴욕의 존 F. 케네디 같은 미국의 주요 공항들도 같은 상황에 처했다.

이러한 혼란이 일어나든 말든 트럼프 대통령은 연일 미국은 그 어느 때보다 강하며, 날이 따뜻해지면 다 좋아질 것이라고 큰소리를 쳤다. 우리는 그저 한 달 후에 한국으로 향하는 비행편이 중단되지 않기만을 기도할 뿐이었다.

이탈리아도 그랬지만 미국 역시 초기 확진자 대부분이 의료진과 구급 대원이었다. 이는 이미 일정 수준 이상의 지역 감염이 진행되었지만 실제로 검사받는 사람,

혹은 그럴 수 있는 사람이 매우 드물다는 반증이었다. 이런 식으로 가면 나중엔 아파도 의료진을 만날 수 없거나 병원까지 가는 것 자체가 불가능해질 터였다. 비행기를 타기 전까지는 무슨 수를 써서라도 아프지 않아야 했다.

3월 24일, 카메룬의 음악가 마누 디방고가 프랑스에서 코로나19로 사망했다.

BBC와 ITV에서는 이탈리아 롬바르디아 지역의 핫 스팟들을 보여주었다. 성당 안에 관들이 줄지어 놓여 있었고, 마스크를 쓰지 않은 사제와 부제가 관 위에 성수를 뿌리고 있었다. 심지어 성당들이 꽉 찼는데도 시체를 안치할 곳이 모자라 군 부대까지 동원되어 장례가 가능한 지역으로 시신을 옮기고 있었다.

카메라는 롬바르디아에서 감염 정도가 가장 극심했던 베르가모의 전경 또한 비춰주었다. 베르가모에는 조종弔鐘으로 추정되는 종소리가 그치지 않았다. 가족을 잃은 사람들은 취재진에게서 멀찌감치 떨어져, 집 울타리 안에서 울먹였다.

영상을 끄고 나니 바깥이 어두워져 있었다. 길가

는 쥐죽은 듯 고요했다. 도시 전체가 멈추어 선 것 같았다. 점점 날짜와 시간 감각이 희미해졌다.

근미래의 시간 여행자가 실수로 중세의 흑사병 유행기로 돌아가 고초를 겪는 내용인 코니 윌리스《둠즈데이 북》의 한 장면이 생각났다. "주께서 오신 후로," 사제가 침대에서 말했다. 사제는 퉁퉁 부은 혀로 입술을 적시려 애썼다. "1348년입니다."

뉴욕 상황과 칩거 생활

2월 말까지 뉴욕시에는 의심 환자는 있었으나 공식적인 확진자는 없었다. 3월 1일, 공식적인 뉴욕주와 뉴욕시 확진자가 등장했다. 첫 번째 확진자는 맨해튼에 거주하는 39세의 간호사로, 이란에 방문했다가 2월 25일 미국에 입국한 것으로 확인되었다. 그는 증상이 나타나자 바로 자택에서 자가 격리하였고, 접촉자 또한 모두 별다른 증세를 보이지 않았다고 한다.

그로부터 불과 이틀 후, 뉴욕주에서 두 번째 확진자가 등장하였다. 주변인들은 의심 환자로 보고되었다.

2번 확진자는 뉴욕시로 출근하는 유태계 변호사로 최근 마이애미에 다녀온 적이 있으며, 자녀 2명이 이스라엘로에서 귀국한 지 얼마 되지 않은 상황이었다. 2월 22일부터 증상이 나타났고, 병원에 갈 때 이웃이 차로 병원까지 바래다준 덕에 가족과 주변 이웃들에게도 증상이 나타났다. 이 뉴스가 보도되자마자 뉴욕시와 근교 지역에서 본격적인 물건 사재기가 시작되었다.

〈뉴욕 타임즈〉, 〈월스트리트 저널〉 등의 후속 보도에 따르면 분석 결과 미국에는 1월부터 이미 확진자들이 있었고, 유럽에서 유입된 케이스가 대부분이었다. 수학적 모델이기 때문에 실제와는 차이가 있을 수 있지만, 첫 확진자 이전에 있었을 감염자 수를 1만 명 이상으로 추정하는 연구도 있다.

코로나19로 인한 공식적인 첫 사망은 2월 29일 워싱턴주에서 발생했으나, 2월 초에 캘리포니아에서 사망한 사람들을 부검한 결과 몇몇 사람들이 코로나19 양성이었다는 뉴스가 있었다. 이에 따라 캘리포니아 주지사는 12월까지의 부검 결과를 재검토하라는 명령을 내렸다. 또한 같은 달 워싱턴주에서 독감과 폐렴 증상을 보이는 환자들을 검사한 결과 독감 음성 판정이 나와 CDC에 보고했지만, 여전히 코로나 검사는 할 수 없었다는 한 의사의 증언도 보도되었다.

3월 1일 부로 뉴욕주에서 비닐봉지 사용을 금지한다는 소식을 들었다. 재생 종이봉투는 제공하지만, 돈을 내고 사야 한다고 했다. 나는 얇은 천으로 된 에코백을 접어서 가방 한구석에 넣고 다니기 시작했다.

원래는 어느 종류의 봉투도 제공하지 않는 코스트코에 갈 때야 큼지막한 재사용 비닐 가방을 들고 갔지만, 집 앞에서 장을 볼 때는 빈손으로 갔다.

쓰레기봉투 또한 별도로 구매해야 하는데, 적당히 작은 것이 흔치 않아서 평소에는 마트에서 물건을 담아준 비닐봉지에 쓰레기를 담아 버렸다. 따라서 비닐봉지 사용 금지 예고가 있고 난 뒤로 전보다 더 비닐봉지를 소중하게 모아야 했다.

하지만 코로나19가 뉴욕에 빠른 속도로 확산되고 접촉 감염 우려가 커지자, 뉴욕주는 한시적으로 비닐봉지 사용을 다시 허용하기로 했다. 이 조치는 2020년 8월까지도 시행되고 있는 중이다.

3월 17일, 뉴욕시 재택 의무화 명령이 내려졌다. 극장, 콘서트홀, 클럽 등 사람이 모일 수 있는 곳들은 강제로 문을 닫고, 레스토랑과 술집 등 실내에서의 식사가 금지되었다. 오직 포장과 배달만 허용되었다. 이에 따라 업장에서 식사하면 쓰이지 않았을 일회용 포장 용기와 수저, 비닐봉지의 사용이 늘어나 일회용 쓰레기가 급증하였다.

미국도 음식물 포장 용기가 친환경, 재활용 소재들로 점점 바뀌고 있기는 하지만 대부분 음식물이 묻은 용기를 한국처럼 세척 후 분리 배출하지 않고 일반 쓰레기로 버리기 때문에 재활용이 거의 이루어지지 않는다. 뉴욕시는 2001년 스태튼 아일랜드의 쓰레기 매립지를 폐쇄한 이후 줄곧 켄터키, 뉴저지, 코네티컷주 등지의 매립지로 쓰레기를 수출 중이다. 2016년 뉴욕시의 쓰레기 위탁 비용은 약 3억 5천만 달러, 대략 4천억 원 정도다.

먹을 것만 문제가 아니었다. 빨래하는 일은 그야말로 작전이었다. 동네 세탁소 중 절반 이상이 문을 닫았다. 제일 가까운 단골 코인 세탁소와 드라이클리닝 숍 역시 모두 닫았다. 2주 가까이 빨래를 하지 않고 버티다가, 도무지 참을 수 없어서 평소 다니지 않던 대형 체인점 세탁소에 갔다.

갔다 올 때마다 교차 감염이 되지 않으려고 온갖 수를 다 썼다. 사람들이 계속 오가는 세탁소에서 빨래가 다 되기를 기다릴 수 없어서 가게 안팎을 들락날락했고, 그때마다 손을 알코올로 문지른 뒤 비누로 다섯 번씩 씻었다. 안 그래도 갖은 소독제의 자극으로 거칠어지고 붉어진 손에서 껍질이 벗겨지기 시작했다.

장갑과 다량의 알코올 오른손과 왼손 분리 전략을 써서 무사히 세탁물들을 집으로 데려왔다. 세탁기를 알코올로 미리 닦고 만지긴 했지만, 무언가에 닿은 손은 세탁물에 절대 가져다 대지 않았다. 마스크 겉면에 닿은 머리카락이 얼굴에 닿게 둘 수 없어서 샤워하기 전에 알코올로 적셔서 머리카락을 문질렀다. 이대로 미국에서 죽을 순 없다는 생각만이 머릿속을 맴돌았다. 코로 들이마신 알코올이 워낙 많아서 이러다 알코올 중독이 되는 게 아닌가 싶을 정도였다.

재택 의무화 명령이 떨어진 지 7일째인 3월 24일. 검사 진행 속도가 이토록 느린데도, 아파도 검사를 받지 못해 입원을 못한 사람들이 우는 소리가 각지에서 나오는데도 확진자는 3일마다 두 배씩 늘어나고 있었다. 병원이 죽기 전에 잠깐 거쳐 가는 곳으로 변모하고 있었다. 한국에 가고 싶은 생각이 굴뚝 같았다. 하지만 대통령부터 심각성을 모르는지 부활절에 시장을 재개방한다는 소리를 떠들어대서, 집에 일찍 돌아갈 가능성은 점점 희박해지고 있었다.

3월 23일, 뉴욕 주지사와 뉴욕 시장이 며칠간 통해 연방 정부와 군대의 지원 필요성에 대해 운운하니까 드디어 정부에서 뉴욕에 야전 병원을 세운다고 했다. 위기 상황에서 일차적으로 자원과 도움을 요청하는 대상이 미국 연방재난관리청FEMA 이 아니라 군대인 것을 보니, 재난관리청의 권력이 얼마나 약화되었는지 잘 알 수 있었다. 동시에 미국의 군사 국가적 면모가 다시금 피부로 느껴지는 순간이었다.

미국 정치 드라마를 보면, 대통령들이 FEMA 예산을 빼서 다른 데 쓰는 에피소드가 심심찮게 나온다. 〈하우스 오브 카드House of Cards〉 시즌 3에도 관련된 에피소드가 등장한다. 사임한 워커 대통령의 뒤를 이어 부통령에서 승진(?)한 언더우드 대통령은 재선을 위해, '아메리카 웍스America works'라는 일자리 프로그램을 발표해 대중의 지지를 얻으려 하지만 예산이 없어서 고전한다. 이에 꼼수를 부려 높은 실업률로 인한 국가적 위기 사태를 선포하고, FEMA 예산을 끌어서 본인의 재선을 위한 공공사업에 이용하려고 한다.

의회가 반대하지만 않으면 대통령이 예산을 야금야금 빼 쓸 수 있는 걸 보니, 재난관리청은 동네 북 취급을 받는 듯하다. 안전 관리와 재난 방지 예산은 국가에서도 기업에서도 제일 홀대받지만, 정작 관련 사태가 터지면 욕은 보건 당국이 가장 많이 먹는 현실이 씁쓸하다. 엄청난 규모의 인적·물적 손실이 발생하는 재난이 터지고 나서야 매뉴얼이 갖추어지면 다행인 수준인 것은 어디나 마찬가지인 모양이다.

트럼프 정부 역시 대통령 개인 부동산의 경비를 강화한다는 명목으로 5백억 원 가량의 FEMA 예산을 유용한 것으로 밝혀졌다. 또한 2천억 원 가량의 재난 대비

예산은 멕시코와의 국경에서 이민세관집행국ICE이 운용되는 데 쓰였다.

역시 군대가 모든 힘을 갖고 있는 군사 국가 미국답게 해군에서 병원선을 파견했고, 육군 공병대가 재비츠 컨벤션센터에 임시 병원을 설치했다. 그러나 두 시설 모두 그다지 효과적으로 돌아가지는 않았다. 주로 중남미로 출항하는 크루즈가 정박하던 부두에 병원선이 정박하고, 매년 코믹콘*이 열려 온갖 오타쿠와 코스튬 플레이어 들이 자리를 차지하던 건물이 임시 병원으로 변모하니 위기 상황의 한가운데에 서 있다는 것이 더욱 실감이 났다.

3월 30일, 뉴욕 90번 선창에 미 해군 병원선 컴포트 호가 도착했다. 컴포트 호가 맨해튼에 방문한 것은 이번이 처음이 아니다. 2001년 9.11 사건 당시에도 뉴욕시에 정박하여 사고 후처리를 지원했다. 어두침침한 하늘 아래 역시 그만큼 암울한 색의 뉴욕 어퍼만을 지나, 자유의 여신상을 배경으로 허드슨강을 거슬러 올라가는 희디

* 뉴욕에서 열리는 세계 최대 규모의 서브컬처 축제.

흰 병원선과 대조적으로 빛나는 붉은 십자가는 칙칙한 분위기의 뉴욕에 이채를 더했다.

병원선의 등장을 구원자가 온 것처럼 선전하면서 모두가 반겼지만, 상황이 더 나빠진 상태로 한 달 후 병원선과 임시 병원 모두 철수했다. 병원선은 뉴욕 시내 병원의 코로나19에 걸리지 않은 환자를 수용할 예정이었다. 그래서 집단 감염 사태를 막기 위해, 50가지 종류의 증상을 가진 환자의 입선을 거부할 수 있는 엄격한 검역 수칙을 적용했다. 그 결과 병원선은 거의 아무 도움도 되지 못했다.

임시 병원도 마찬가지였다. 95명의 환자가 이송을 희망했지만, 그중 25가지의 엄격한 기준을 통과한 것은 1명뿐이었다. 그리고 뉴욕시의 자택 대기 명령으로 인해 일반적인 환자가 크게 감소하여 거의 할 수 있는 것이 없었다.

컴포트 호는 1천 개의 병상, 임시 병원은 2천 4백 개의 병상을 갖추었지만, 컴포트 호는 한 달간 182명의 환자, 임시 병원은 1천여 명 남짓한 환자를 수용한 뒤 흐지부지 철수해버리고 말았다.

뉴욕이 불타오르는 동안 정작 환자와 의료진에게 필요한 인공호흡기와 보호 장비는 부족하다 못해 아예 없는 수준이었고, 필요한 도움이 올 기미는 보이지 않았다. 모두가 한숨과 탄식으로 하루하루를 보냈다.

마스크, 쓰느냐 마느냐 그것이 문제로다

코로나19 유행 초기, 마스크 착용이 필수인지 아닌지에 대한 문제로 설왕설래가 많았다. 특히 WHO와 CDC, 미국 국립보건원NIH 등 국제기구와 유수의 미국 보건 관련 기관에서, 마스크는 의료진이 우선적으로 착용해야 하는 것이고 일반인의 착용은 중요하지 않다는 식으로 이야기하여 혼란이 더욱 가중되었다.

의료진에게 돌아갈 마스크조차 턱없이 부족했던 상황이라 일반인에게 마스크를 써야 한다고 적극 권장하지 못했던 것은 이해하지만, 그래도 지금 생각하면 아쉬운 발표다. 천 마스크의 효능이 과학적으로 검증되지 않았을 때라 그렇게 발표하지 못한 것이 아닐까 싶기도 하다.

처음에 제대로 대처했다면 혼란을 완전히 막지는 못했더라도 지금처럼 크지는 않았을 거라는 생각이 계속 들었다. 물론 온갖 반지성주의적 집단(내 아이는 건강해야 해도 남의 아이는 알 바 아닌 안티 백서부터 자신의 총 가질 자유를 저해하는 공산주의의 침투를 두려워하지만, 사회 보장 프로그램의 지원이 끊기면 생계가 어려워지는 미국 보수 백인 들까지)이 방역 당국의 말을 귀담아들었으리라는 법은 없지만 말이다.

'미국인들은 왜 마스크를 꺼려하는가'에 대해 한국과의 문화적 차이를 들어 분석, 보도한 기사들이 많았다. '얼굴을 가린 사람을 경계하는 사회·문화적 인식 때문이다' '기본적으로 서로 간 거리를 멀게 유지하기 때문에 비밀 감염의 영향이 적다' '인구 밀집도가 낮아 상대적으로 사람 간 전염 가능성이 낮다'와 같은 내용이 기사의 주요 논거였다.

여름 들어 사회적 거리 두기를 중지하고 사람들

을 완전히 자유롭게 내버려 둔 플로리다, 텍사스 등의 미국 남부 주들은 상대적으로 공동 주거 형태가 적고 인구 밀도가 낮은 지역이다. 하지만 현재 미국 코로나 확진자 대부분이 바로 이곳에서 나오고 있다. 개인적인 공간을 존중하고 유지한다지만, 그것은 낯선 사람들에게 해당되는 내용일 뿐이다. 지켜본 결과 미국 사람들은 가족이나 친한 사람들 사이에서는 한국 사람들보다 신체적 접촉도 많고 서로 간 거리도 훨씬 가깝다. 그리고 인구 밀도가 낮은 지역에서는 가족이나 지인끼리 더 친밀하게 지내는 경향이 강해서, 사람 간 전염성이 낮다고도 할 수 없다.

이렇게 실제로 미국에 '얼굴은 강도나 가리는 것'이라는 인식이 있기는 하지만, 미국인들이 마스크를 쓰기 꺼리는 가장 큰 이유는 그냥 남이 이래라저래라 하는 게 듣기 싫어서다. '자유'를 최고의 가치로 치는 일부 미국인들은, 정부가 "마스크를 써라" "사업장 문을 닫아라"라고 지시하는 것을 전체주의 국가에서나 있을 법한 상황으로 여긴다. 자유로운 미국 땅에서는 감히 그런 일이 있으면 안 된다는 것이다. 그래서 마스크를 쓰면 산소 포화도가 떨어져서 더 위험하다는 둥, 입에서 나온 박테리아에 감염되는 것이 코로나19보다 더 위험하다는 둥, 바람이 숭숭 통하는 망사 마스크도 충분히 바이러스를 막는다는 둥 갖가지 핑계를 대며 마스크를 쓰지 않으려고 안간힘을 쓰는 것이다. 보통 사람들에게는 그저 자신에게 누군가가 간섭하는 게 기분이 나쁜 것으로 보이지만 말이다.

앞에서 이야기했듯이 1월 말에 알리익스프레스에서 마스크를 50개당 1만 원에 주문했었다. 그런데 3월 초가 되어서야 판매자가 해당 마스크는 품절되었으니 똑같은 마스크를 6만 원에 사라고 링크를 보내주었다. 너무 화가 났다. 1만 원도 평소보다 비싼 거였는데, 품절 처리를 하지 않고 버티다가 해외에 나갈 물량이 생기자 그제야 가격을 올려받고 싶어서 연락하다니 염치도 없다. 이제 와 주문해봤자 미국을 떠나기 전에 받으리라는 보장이 없어 그냥 환불 처리해달라고 했더니, 핑계를 대며 해주지 않고 버텼다. 결국 고객 센터에 신고해서 환불을 받았다.

사람들의 이기적인 행태는 단지 마스크를 안 쓰는 것에만 국한되지 않았다. 사용한 마스크를 집에 가지고 들어가기 싫어 아무 데나 버리는 것뿐만 아니라, 청소 노동자에게 병 걸린다며 가까이 오지 말라고 막말을 한 사건들도 한국에서 보도되었다. 한국만 그런 것이 아니라 뉴욕에서도 마스크와 비닐장갑을 길에 마구 버린다. 일말의 양심인지 누군가 대신 치워주기 좋도록 눈에 띄게 만든 것인지 알고 싶지도 않지만, 사용한 마스크와 장갑을 나무, 전신주, 남의 차 사이드 미러에 걸어놓는 것도 여러 번 보았다.

다행히 3월 마지막 주 즈음에는 한국의 해외 마스크 수출 금지 조치가 완화되어, 해외에 거주하는 직계가족 대상으로 한 달에 몇 개 정도 마스크를 보낼 수 있게 되었다. 덴탈 마스크밖에 없었던 우리를 걱정한 가족들이 KF94 마스크를 얼마간 보내주고 싶다고 연락했다. 관련 규정을 찾아보니 택배 박스에 '마스크'라고 표기해야 한다고 하는데, 제때 도착하지 않거나 오는 도중에 사라질 것이 분명해서 그냥 보내지 말라고 부탁드렸다.

네 나라로 돌아가

3월 1일, 퀸즈 엘머스트에 위치한 대만 음식점에서 지인들을 만났다. 예전부터 몹시 가보고 싶었던 곳이었다. 대만 사람들이 인정하는 맛집이자만, 맨해튼이나 브루클린에서 멀어서 그런지 아무도 오지 않으려고 해서 언젠가는 가겠다고 벼르고만 있었다. 멀리 뉴저지에서 와주신 분들 덕택에 기대하던 식당에 가서 음식 맛을 볼 수 있었다.

이 동네에는 베트남 쌀국수를 먹으러 종종 오는 편이다. 자주 가는 가게는 얇게 썬 붉은 생고기를 뜨거운 국물 위에 넉넉하게 얹어주는데, 고추와 고수를 한 움큼

얹어서 국수와 국물을 함께 들이켜면 더운 날도 추운 날도 나름의 맛이 있다. 다른 요리들도 훌륭하며, 가격도 저렴해 저녁 시간에 가면 평일에도 늘 사람이 붐빈다.

단골 식당에서 쌀국수를 먹고 나면 으레 옆 중국 슈퍼마켓에 들러 각종 라면을 잔뜩 샀다. 한인 마트만큼 가짓수가 다양하지는 않지만, 근방에서는 라면값이 저렴한 편이다. 여기 아니면 구경하기 어려운 재료들도 있는데, 중국어 손글씨로 상품명을 표기해 두어서 구글 번역기로도 정체를 알아낼 수 없었다. 결국 라면 말고 다른 식품을 사 본 적은 없지만, 늘 시장 같은 분위기로 활기찬 것이 마음에 드는 곳이다.

평소 같으면 중국식 꼬치구이를 파는 노점과 이런저런 가게가 줄지어 늘어서 있을 길가에 사람이 적었다. 이곳은 다른 어느 동네보다 꼬치구이를 파는 노점이 많은데, 꼬치를 본격적으로 굽는 시간이 되면 길에서 불이 났나 싶을 정도로 연기가 펄펄 난다. 매운 연기에 눈물이 날 정도인데도 사람들은 꼬치를 먹겠다고 줄을 서서 기다린다. 모두 팔짱을 끼고 짝다리를 짚은 채 건조한 표정을 짓지만 속으로는 주문한 꼬치가 나오길 기다리는지 꼬치를 굽는 손에서 눈을 떼지 못한다. 주문한 꼬치가 나오면 하나씩 들고 서서 즐겁게 뜯거나, 마련해 둔 간이 테이블에 앉아 술도 없이 맛있게 먹는다.

미국은 공공장소에서의 음주가 불법이다. 미국 영화에 종종 나오는, 알코올 중독자가 갓 산 갈색 봉투에 싼 위스키나 캔 맥주를 들이켜는 장면은 그 인물의 씁쓸함을 일탈처럼 그려낸 것이다. 물론 여름에 센트럴파크에 가면 대낮부터 와인을 들이켜는 사람들이 한가득 있다.

우리가 가고 싶어 하던 대만 식당도 보통은 줄을 선다고 들었는데, 이른 주말이어서인지 아니면 동아시아인이 바이러스를 옮긴다는 헛소문 때문인지 식당에 사람이 없었다. 별 좋은 창가에 앉아서 우육탕면, 볶음밥, 루로판*, 지파이**에 창잉터우***같은 음식을 잔뜩 시키고 웃고 떠들며 식사한 뒤에 망고 빙수까지 시켜 넘치도록 먹었다. 구글 리뷰에 종업원이 불친절하다고 적혀 있었는데 서빙을 하다가 이건 다들 꼭 먹고 간다며 튀긴 돼지갈비를 권

* 푹 삶은 돼지고기 조림을 잘게 다져 밥 위에 얹어 먹는 대만 요리.

** 닭고기를 튀겨 만든 대만 요리.

*** 돼지고기와 마늘, 파 등을 굴소스에 볶은 요리.

해주기까지 했다.

이렇게 즐거운 분위기 속에서도 대화 주제의 절반은 코로나19와 인종 차별 문제였다. 어떤 사건들이 일어났고 어떻게 처리되었는지, 왜 보도가 나오지 않았는지 이야기했다.

아시아인 대상 증오 범죄가 얼마나 가볍게 치부되는지는 미국에 나와서 어느 정도 살아본 사람들은 누구나 뼈저리게 느낄 수 있다. 영원히 이방인 취급 당하며 커뮤니티에 속하지 못하고 겉도는 것, 흔히 '아시아인' 하면 떠오르는 고정 관념을 강요당하는 것, 경멸 조의 욕설을 듣는 것이 일상이다. 흑인과 히스패닉 커뮤니티가 겪는 종류의 심각한 위해와는 다를 수 있지만, 개인의 삶을 파괴하는 것은 마찬가지다.

인종 차별적인 말을 들으면 심장이 쿵쾅쿵쾅 몰아치듯 뛰고, 대응을 해야 하나 말아야 하나 걱정하게 된다. 괜히 한마디 했다가 미개한 인간들에게 얻어맞아도 경찰은 그냥 넘어가 버리는, 흔하지만 절망적인 시나리오를 상상하게 되는 것이다.

항의하기 애매한 만큼만 하는 '먼지 차별Microaggression'과 '은근한 인종 차별Covert racism'은 뉴요커들의 주 무기이다. 먼지 차별은 식당에서 백인과 비백인을 분리해서 앉히는 것이다. 눈에 잘 띄는 좋은 자리에 백인을 앉히고, 아시안으로만 구성된 모임이 자리를 잡을라치면 화장실 앞이나 구석 자리로 안내한다. 특히 브루클린의 140년 된 '유명한' 스테이크 하우스는, 문제를 일으키기 싫어할 것 같은 동아시아 관광객을 대상으로 먼지 차별을 잘 하는 것으로 유명하다.

반대로 맨해튼 고급 식당에서 보기조차 힘든 흑인이나 히스패닉에게 혹시라도 인종 차별로 물든 심장이 내키는 대로 푸대접을 했다간 내일 뉴스에 대문짝만하게 실릴 것이 분명하다. 따라서 흑인이나 히스패닉이 차별에 항의하면 고의가 아니었다고, 절대 인종 차별이 아니라고 주장한다.

이런 일은 미국에서만 일어나는 것이 아니다. 유럽에서도 흔하게 벌어지는데, 특히 혼자 여행을 다니면 쉽게 당할 수 있다. 인종 차별 부문의 최우수상이 있다면 이탈리아인들이 딸 것이라고 감히 예상해본다. 반백 년쯤 조용히 있던 독일인들도 동양인을 모욕하고 때리고 싶어서 (아니면 이탈리아인 대신 인종 차별 최우수상이 갖고 싶은 모양인지) 손이 근질근질한 모양이다.

나 역시 가끔은 큰소리를 낼 때도 있다. 그러면 차림새부터 언어까지 분명한 외국인에, (자기들의 머릿속에선) 조용하고 사근사근하게 구는 아시안 여자라서 '이 정도 차별은 아무 말도 하지 않고 넘어갈 줄 알았는데?' 하며 당황하는 표정을 짓는 것을 볼 수 있다.

상대가 당황하기라도 하면 다행이다. 뻔뻔하게 "넌 동아시아 여자애가 왜 그러니? 내가 아는 아시안 여자애들은 착하고 순종적인데" 같은 말을 하는 백인들이 더 흔하니 말이다. "넌 왜 그렇게 여유가 없고 분노에 가득 차 있냐?" 같은 말이라도 듣게 되면 정말 분노가 하늘을 찌른다. 물론 실제로도 분노에 가득 차 있지만, 작은 행동에도 아시안이라서, 또 여자라서 더더욱 그럴 줄 몰랐다는 뉘앙스가 조금이라도 드러나면 민감하게 반응하게 된다.

팬데믹 상황이 되자 이전에 겪던 이런 부당한 대우만 문제가 되는 것이 아니었다. 4월 중순 무렵 미국의 아시안 대상 인종 차별 신고 건수는 2천 건이 넘어갔다. 그 와중 대통령과 보수 언론들은 연일 '중국인 바이러스' '쿵후 감기Kung Flu' 같은 소리를 내뱉으며 인종 차별을 조장했다.

4월 8일, 브루클린에서 48세 중국인 남성이 마스크를 쓰고 있다가 칼에 13차례 찔려서 중태에 빠졌다. 어떤 여성은 지하철 플랫폼에서 병을 퍼뜨린다며 폭행당했다. 마스크를 썼기 때문인 것으로 추정된다.

4월 10일, 퀸즈에서는 열 살배기 아들과 함께 길을 가던 홍콩 출신 남성이 폭행당했다. 12일에는 맨해튼 한인 타운에서 한국인 여성이 흑인 여성에게 폭행당했다. 어떤 남성은 지하철에서 모욕을 당하고 페브리즈 세례를 맞았다. 모두 마스크를 쓰지 않았다는 이유에서였다. 마스크를 쓰든 쓰지 않든, 아시아인들은 폭력의 대상이 되었다.

한인 사업장에서 손님에게 마스크를 쓸 것을 요구하다가 주인이 폭행당한 사건도 일어났다. 그런데도 뉴욕주 의회의 한 민주당 의원은 지역구민에게 중국 사람이 운영하는 사업장을 방문하지 말 것을 촉구했다. 후에 그는 그 발언에 대해 사과하면서 파트 타임 사무실 관리직에게 책임을 돌리고 그를 비난했다. 흔해 빠진 스토리다.

미국 각지의 백인 우월주의자들은 이때다 싶어서 평소 눈엣가시처럼 여기던 유태인들과 무슬림 들도 공격했다. "시오니스트*들이 유전자 조작으로 강화된 바이러스를 미국에 퍼뜨렸다"는 음모론적 주장은 기본이었다. 코로나19를 유태인과 무슬림 커뮤니티에 퍼뜨려 그들을 미국에서 싹 쓸어버려야 한다는, 히틀러가 들으면 대단히 감탄하며 식사에 초대하고 싶어 할 만한 주장까지 나왔다.

그들과 결을 같이 하는 근본주의 개신교인들은 이것이 성 소수자들을 허용한 미국에 대한 신의 형벌이라고 주장했다. 신에 대한 믿음이 공고하다면 코로나19에 걸리지 않을 것이며, 성 소수자들은 모두 이 바이러스에 의해 죽을 것이라고 공언했다.

삼성서울병원 감염 내과 의사가 외국인까지 감당할 능력이 안 되니 외국인 입국을 막으라고 주장한 기사

* 팔레스타인에 유태인의 나라를 세우려고 힘쓰던 시오니즘을 믿고 받드는 유태인.

를 보았다. 해외 입국을 차단해야 전파를 줄일 수 있다고 생각하고 한 말이겠지만 뼈가 있었다. 제일 두려운 상황이 자연스럽게 떠올랐다. 미국 내 상황이 심각해지면 외국인, 특히 감염의 원인을 제공한 아시안에게는 병상을 제공해 줄 수 없다는 이야기가 나올지도 모른다는 생각이 든 것이었다.

코로나19의 전 지구적 대유행이 오고 난 뒤로, 적절한 때에 한국으로 돌아가지 못하면 미국에서 인종 차별의 대상이 됨과 동시에 제대로 된 치료도 받을 수 없을 거란 공포감이 들었다. 다행히 미국에서 그런 종류의 차별이 일어났다는 이야기는 아직까지 듣지 못했다. 의료진은 자신들의 목숨을 내놓은 채 차별 없이 위급한 생명을 구하려고 애썼다. 이 과정에서 매일같이 사람들의 생과 사를 결정해야 하는 부담이 스트레스로 이어져, 뉴욕의 한 의사가 목숨을 끊기도 했다. 그러나 아직도 미국 내 의료진의 피해가 별도로 집계되거나 기록되지 못하고 있는 실정이다.

이후에 한국에서 재난 지원금 및 공적 마스크 판매에서 소외되는 비한국 시민이 생기면서 P와 내가 느끼던 불안들이 누군가에게는 사실이 되었다. 한국에서는 한국인으로 사는 일조차 쉽지 않다. 그러나 외국인·유색 인종들이 한국에서 겪는 차별은 또 다른 차원의 힘듦이라는 것을 한국인들은 잘 알지 못한다.

보건복지부 중앙사고수습본부는 "바이러스는 우연적인 사건으로 감염되는 것으로 출신이나 지역과 상관없이 누구나 감염될 수 있다"며, "확진자에게 감염에 대한 도덕적 책임을 지우거나 이를 비난하는 것은 온당치 않다"고 강조했다. 또 "지금 필요한 건 차별과 배제가 아니라 협력과 연대"라며 "확진자를 낙인찍고 허위·왜곡 정보를 유포하거나 책임을 전가하는 행동은 삼가주시기를 간곡히 부탁드린다"고 발표했다. 매 브리핑에서 일관적이고 침착한 메시지를 주는 것이, 한 치 앞을 볼 수 없는 새로운 유행병의 시대에 소수자로 사는 사람들에게 말할 수 없는 안정감을 주었을 것이다.

그동안 이런 종류의 정부 브리핑에서 볼 수 없었던 수어 통역사를 처음부터 함께하도록 한 것도 박수 백만 번 치고 싶은 일이다. 평소처럼 잘 보이지도 않는 조그마한 화면에서가 아닌, 표정과 손짓이 뚜렷하게 전달되도록 발표자 옆에 서서 통역을 할 수 있게 한 질본의 조치가 너무나 자랑스럽다. 혐오와 차별이 전 세계를 뒤덮고 있는 지금 이 시점에서 과학적이고 정확한 메시지를 주는 사람들이 우리나라의 방역 대책을 수립하고, 또 시행하고 있다.

미국의 시스템화된 인종 차별에서 가장 큰 피해자는 흑인이지만, 눈에 잘 띄지 않는 선주민들의 이야기도 짧게나마 해야겠다. 이들 중 많은 수가 사회 안에서 차별당할 기회도 박탈당한 채, 동떨어진 '보호' 구역에서 살아가고 있다. 이는 선주민들과의 '화평'을 추구한 미국 정부가 그들이 원래 살던 땅에서 사막 한가운데로 강제 이주시키고 자치권을 부여하면서 발생한 일이다.

선주민들은 자치권은 가졌으되 조상의 비옥한 영토는 빼앗겼다. 그 자치권마저도 시시때때로 침해당했다. 적은 지원금이 나왔지만 자치권이 있다는 이유로 그들이 사는 땅은 연방 정부의 개발 계획 등에서 모두 제외되었고, 1924년 전에는 시민권조차 없었다. 이후에도 각 주에서 선주민들의 투표권을 인정하지 않았고 2차 세계 대전이 끝날 때까지도 일부 주에서는 선주민들에게 선거권을 주지 않았다. 지금도 선거 제도와 법 집행 기관들이 굴러

가는 방식은 유색 인종과 선주민들보다 당연한 것처럼 백인들에게 더 유리하게 되어 있다.

지금은 진보적인 국가로 이름을 날리고 있는 캐나다는 100년 넘게 어린 선주민들을 납치해 가톨릭 기숙 학교로 보냈다. 백인처럼 말하고 행동하게 교육해야 한다는 것과 어린이들을 야만인의 어두운 영향력에서 멀리 떼어놓아 신의 품에 안기게 해야 한다는 것이 그 목적이었다. 1996년이 되어서야 마지막 기숙 학교가 문을 닫았다.

미국 전역에서도 유사한 일들이 일어났다. 그들은 부모, 언어, 믿음, 문화 등 모든 것을 빼앗겼다. 야훼와 백인의 이름으로 인간 이하의 취급을 받으며 학대당하고, 강간당하고, 살해당했다. 지금까지도 계속되고 있는 북미 선주민들의 고통을 말하려면 책 한 권으로도 부족하다.

이러한 배제와 차별의 역사는 지금도 답습되고 있다. 바로 미국 내 코로나19의 가장 큰 피해 지역 중 하나인 나바호 네이션Navajo Nation에서다. 나바호 네이션은 애리조나, 유타, 뉴 멕시코주에 걸쳐 있는 미국에서 두 번째로 넓은 원주민 보존 구역으로, 약 30만 명의 선주민이 거주한다. 그들은 스스로를 '디네이Diné'라고 부른다.

3월 중순에 시작된 나바호 네이션 내 감염은 상상을 초월할 정도로 빨랐다. 4월 중순에는 뉴욕과 뉴저지의 뒤를 이어 세 번째로 인구 대비 높은 감염 비율을 기록했고, 5월에는 전국 최고 감염률을 기록했다. 이는 부족한 수자원과 수도 시설 때문에 위생 관리가 쉽지 않았기 때문이다. 게다가 대가족이 한 집에 함께 사는 경우가 많아 가족 내 감염이 빈발했다. 자치 구역의 면적이 넓고 드문드문 떨어져 살아서, 의료 기관을 방문하는 것 자체가 평소에도 어려웠던 것 또한 문제가 되었다.

그러나 지금까지의 역사와 다를 바 없이 선주민 커뮤니티들은 코로나 구제 자금을 제대로 받지 못했다. 자치 정부는 통금과 사회적 거리 두기 이외에는 아무런 조치조차 취할 수 없었다. 이에 나바호 부족과 다른 10개 부족이 미국 재무 장관을 고소하는 일까지 벌어졌고, 관련 법안이 통과된 지 한 달 만에 구제 자금이 전달되었다.

그 와중에 지원된 물자의 25퍼센트는 감염 예방에 적합하지 않은 종류의 보호 장비나 의료 장비로 무의미한 것들이었다. 중간의 누군가가 농간을 부린 것인지, 아니면 흔히 발생하는 멍청한 실수인지 모르겠지만 힘든 시기를 보내고 있는 선주민들에게는 이런 일이 더욱 절망스럽게 다가왔을 것이다. 공포와 혐오만을 퍼뜨리는 백인들에게, "네 나라로 돌아가"라는 말을 제일 하고 싶은 사람들은 아마도 이들일 것이다.

공포의 사재기 | Panic Buying*

2월 말경에는 친분이 있는 작가님들과 퀸즈 한인 타운에서 식사를 했다. 우리가 간 곳은 원래 주말 저녁이면 줄을 설 정도로 꽤나 북적이던 식당이었는데, 이 날은 테이블의 3분의 2 정도만 차 있어서인지 평소보단 조용한 편이었다. 두툼한 메뉴가 두 권이나 나오는 한식당으로, 갖가지 한식은 물론 한국인의 입맛에 맞게 요리한 일식과 중식도 판다. 생선구이며 고기 요리에 튀김까지 집에서 하

* 공포로 인한 생활 필수품 사재기.

기 귀찮은 메뉴를 이것저것 시켜놓고 신나게 먹은 뒤, 설렁탕이나 순두부찌개를 포장해서 돌아가면 다음 날 식사까지 뚝딱 해결이다.

식당에 들어서자 평소와는 다르게 식당의 모든 직원들이 시식 코너 담당자들이 흔히 쓰는, 턱에 걸쳐서 침이 튀는 걸 막아주는 조리용 마스크를 쓰고 있었다. 아직 뉴욕에는 확진자가 없는데도 벌써 조심하기 시작한 것을 보니, 코로나19 걱정으로 차이나타운 방문자가 많이 줄어들었다는데 그 여파가 여기까지 미친 모양이었다.

식사를 하며 뉴욕에서의 생활, 현재 한국 상황, 이단 종교의 역사에 이르기까지 이런저런 이야기를 한참 나누다가 집에 돌아가는 길에 한인 마트에서 장을 보기로 했다. 쌀이 똑 떨어졌는데 집 근처에서 장립종*은 구하기 쉽지만, 단립종과 잡곡은 마음에 드는 것으로 구하기가 조금 까다로워서였다. 그런데 마트에 라면과 10킬로그램 이상의 쌀 포대가 하나도 없었다.

* 쌀알의 길이에 따라 장립종, 중립종, 단립종으로 구분한다. 장립종은 쌀알이 길쭉하고 밥을 지었을 때 쉽게 흩어지는 것이 특징이다. 반대로 단립종은 쌀알이 짧고 밥에 찰기가 도는 것이 특징이다.

당시엔 농담 조로 벌써 사람들이 사재기한 거 아니냐고 했는데, 지금 생각해보면 실제로 사재기가 시작된 것이 맞았다. 나중에 또 언급하겠지만, 라면은 비상식량으로 이용하기에 좋은 저장식이 아닌데 (특히 동아시아인 커뮤니티에서) 왜 이럴 때마다 불티나게 팔리는 건지 모르겠다.

어차피 곧 한국으로 돌아갈 터라 먹을 것이 많이 필요한 게 아니었기에 용량이 큰 상품은 낭비였다. 여태껏 미국에서 화랑곡나방을 본 적은 없지만, 아무래도 애매한 온습도에 쌀을 오래 보관하는 것이 꺼림칙해서 5킬로그램 이상의 쌀을 사본 적이 없기도 했다. 결국 잡곡이 이것저것 섞인 적당한 양의 혼합 제품을 골랐다. 썩 마음에 들지는 않았으나 그럭저럭 만족하기로 했다. 그저 라면을 사지 못한 게 아쉬웠다.

3월 4일 | 아스토리아 코스트코

3월 1일에 뉴욕의 첫 번째 확진자 기사가 나온 후로 사재기가 산발적으로 있었다고는 하지만 눈에 띌 정도는 아니었다. 그러나 이틀 후 뉴욕의 가장 큰 역으로 통근했던 확진자 및 의심 환자가 다수 나오자 분위기가 급변했다. 패닉 바잉이 끝나면 물건을 살 여유가 생길거라 생각했지만, 불안정한 미국의 식품 유통 체계에 대한 걱정이 앞서서 필요한 만큼 식재료를 비축하기로 했다. 지하철과 가까운 지하에 위치한, 자주 가던 코스트코는 방문하기 너무 꺼려져서 맨해튼에 더 가까운 지상에 있는 점포로 가기로 했다.

평일 낮이라 다들 출근을 할 테니 사람이 적지 않을까 했는데, 본 적 없는 광경이 눈앞에 펼쳐졌다. 주차장에 차가 가득 했다. 뉴욕은 자가용을 이용하는 사람들이 생각보다 많지 않다. 특히 쇼핑센터나 코스트코 주차장이 가득 차 있는 것은 드문 일이다. 이 많은 사람들이 차를 가지고 여기까지 왔다는 게 신기했다.

들어가니 역시 시간대에 비해 사람이 꽤 있었다. 평소에 하던 대로 장을 보는데, 밀가루와 쌀, 소독제와 생수, 각종 휴지 종류가 모두 회원당 1개로 구매 제한이 걸려 있었다. 그나마도 두루마리 휴지는 거의 남아 있지 않았다.

사람들은 서로를 피했고 눈에는 약간의 공포감이 비쳤다. 무슨 일이 일어났었는지 모르지만 밀가루 포대와 쌀 포대가 터진 채 바닥에 흩뿌려져 있었다. 어떤 사람들은 다른 이의 쇼핑 카트에 실려 있는 물건들을 보고 카트 주인에게 물건의 위치를 묻기도 했다.

중국인으로 추정되는 사람들은 마스크와 장갑뿐만 아니라 모자, 수경과 스키 고글까지 동원해서 중무장을 하고 장을 보러 왔다. 우한의 상황을 보도하던 뉴스나 다큐멘터리에서 본 모습 그대로였다.

어떤 사람들은 카트 2개에 생수만 가득 채워서 사기도 했다. 물론 뉴욕시 수돗물은 마셔도 된다. 나는 물맛을 잘 구별하기 때문에 그 맛과 냄새를 정말 좋아하지 않지만, 익숙해지면 별 불평 없이 마신다. 텀블러를 들고 다니며 공들여 씻어 사용하는 게 힘들어서 외출용으로 5백 밀리리터짜리 생수를 사두기는 하지만, 집에서는 수전에 부착하는 것과 물통에 필터를 끼워 사용하는 것, 두 가지 형태의 정수기를 이용해 물을 마신다. 그래서인지 차라리 필터를 사재기한다면 이해가 가지만, 수도 공급이 중단되거나 상수도원이 바이러스 때문에 오염될 염려가 있는 게 아닌데 생수를 왜 사재기하는지 이해가 안 됐다.

또 어떤 사람들은 구매 제한 안내문을 무시하고 밀가루 여러 포대를 사기 위해 계산원과 실랑이를 하고 있었다. 그 카트에는 밀가루 다섯 포대가 실려 있었는데, 대충 계산하면 120킬로그램 정도의 양이었다. 그 많은 밀가루로 대체 무엇을 할 생각이었을까? 뉴욕의 좁은 집에 그걸 보관할 장소나 있을지, 바퀴는 밀가루를 매우 좋아하는데 뉴욕에 바퀴 없는 건물이 있기나 할지……. 누군가 아프기 시작하면 집 안에서 오랜 시간 가스를 연소시켜서 만드는 음식은 별로 좋지 않을 텐데……. 그 광경을 보며 이런저런 생각이 들었지만, 남 걱정할 때가 아니었다.

다진 소고기와 닭고기를 소분해서 냉동하면 오래 먹을 수 있기에 평소보다 고기를 좀 더 많이 샀다. 고기를 살 때는 핏물이 새지 않게 봉지에 잘 넣어야 한다. 이미 포장이 되어 있긴 하지만 간혹 터지거나 새기 때문이다.

그런데 피부가 건조한 터라 그날따라 도무지 비닐봉지가 열리지 않았다. 손 소독제를 묻혀서 열어보려고 했는데 소독제의 보습 성분 때문인지 오히려 미끈거리기만 했다. 결국 두려움에 떨면서 손을 소독한 후에 손끝에 침을 묻혀 봉지를 열었다.

우스운 말이지만, 사실 장을 볼 때 가장 큰 난관은 머리카락이었다. 사람이 하루에 얼굴을 몇 번이나 만지는지에 대한 정확한 통계 수치는 모르겠지만, 나는 평소에 얼굴을 자주 만진다. 초조해지거나 생각을 할 때면 눈꺼풀이나 코, 입술을 만지는 버릇도 있다. 무의식적으로 더러운 손을 얼굴에 댔다가 큰일 나지 않기 위해 하루에 얼굴을 몇 번이나 만지나 스스로 관찰해보았고, 최대한 얼굴에 손대지 않으려 부단히 노력했다.

머리카락이 마스크에 닿는 것도 바람직하지 않을 것 같아 머리를 매어 올렸지만, 잔머리는 어쩔 수가 없었다. 추운 날씨였는데도 긴장해서인지 마스크 안에는 습기가 고였고, 두피와 이마에는 슬쩍 땀이 맺혔다. 안 그래도 소금기 때문에 가려운 피부에 잔머리가 스치니 미칠 지경이었다. 그래도 얼굴에 손이 닿는 건 싫어서 물건을 집을 때 최대한 손끝으로 잡고, 옷소매와 어깨로 얼굴을 훔쳤다. 마스크를 쓰고 있어 입과 코를 만질 수 없는 것이 불행이자 다행이었다.

무사히 장을 본 뒤 짐을 낑낑거리며 끌고 나와서, 택시를 탈까 한참 고민하다가 그냥 버스를 타기로 했다. 패기 넘치는 멍청한 결정이었다.

정류장에서 버스를 기다리는데, 올 기미가 보이지 않았다. 옆에 있던 사람도 그렇게 생각했던 모양이다. 내게 버스가 언제 지나갔는지, 혹시 버스 도착 정보를 아는지 물었다. 실시간 도착 정보를 확인해보고 15분 정도면 우리가 있는 정류장에 버스가 도착한다고 대답했다. 물론 그 정보가 정확하지 않은 건 뉴욕에 사는 모두가 알고 있지만.

옆 사람은 마스크 안에서 우물우물 한숨을 쉬며 "생각보단 금방 오네." 하더니 "한국인이지?"라고 물었다. 어떻게 알았냐고 물으니 자기가 한국인 친구들이 많은데 느낌이 비슷하다고 했다. 노인들이 흔히 그렇듯, 그는 자신의 한국인 친구들에 대한 이야기와 자기가 아는 한국에 대한 정보를 한참 늘어놓았다. 그러고는 뉴욕에 온 지 얼마나 됐는지, 뭐하러 왔는지, 뉴욕을 좋아하는지 등의 의례적인 질문을 던지더니 코로나19 이야기를 꺼냈다.

노인은 자신은 장을 봐서 집에서 안 나올 생각이라고 했다. 앞으로의 계획을 묻길래 두 달 정도 버티면 한국으로 돌아갈 수 있다고 대답했다. 그랬더니 친절하게도 우리 가족들의 안부를 물으며 한국 상황이 심각한 것 같지만 그래도 정부는 잘하고 있다, 미국은 아무 대책이 없어서 곧 심각해질 테니 빨리 돌아가는 게 낫겠다고 했다. 그의 마음 씀이 고마웠지만, 사정이 허락하지 않는다고 말없이 웃었다.

그는 "우리도 드라이브 스루 검사소 있었으면 좋

겠어. 드라이브 스루를 발명한 건 미국인데 왜 미국에는 그런 검사소가 없는 거야"라며 정부 비판에 열을 올렸다. 그러다 때마침 그가 타야 하는 버스가 와서 어물쩍 헤어졌다. 그가 떠난 뒤 그의 말을 곱씹어보다 고개가 끄덕여졌다. 나도 한국에서 드라이브 스루 검사를 먼저 시작할 줄은 몰랐으니까.

코로나19 생각은 거기까지였다. 대중교통을 타고 가기로 한 30분 전의 나에게 가열차게 욕을 내뱉고, 나는 땀을 뻘뻘 흘리며 집까지 짐을 지고 돌아갔다.

3월 14일 | 동네 슈퍼마켓

야채와 과일이 다 떨어져서 열흘 만에 집에서 나왔다. 어제 지인으로부터 아스토리아 코스트코에 줄이 너무 길어서 그냥 돌아왔다는 말을 들었다. 바로 옆에 있는 동네 슈퍼마켓에 갔더니 진열대에 물건이 없어도 너무 없었다. 감자, 고구마, 양파, 마늘, 레몬, 라임처럼 어느 정도 저장이 가능한 식품부터 식빵뿐만 아니라 피타*, 토르티야에 이르기까지 빵 비슷한 것이라고는 코빼기도 안 보였다.

* 이스트를 넣지 않고 만들어 낸 둥글고 납작한 중동 지방의 전통 빵.

시리얼과 과자 진열대도 많이 비어 있었다. 마스크와 원재료가 같다고 소문난 휴지, 페이퍼 타월, 티슈, 냅킨, 생리대도 당연히 없었고 락스와 살균 세정제, 손 소독제와 각종 세제도 바닥을 보였다. 당연히 우유, 고기, 달걀 재고도 거덜 나 있었다. 다행히 보관이 불가능해 사재기가 의미 없는 잎채소 등의 유통기한이 짧은 식재료는 충분히 살 수 있었다. 하지만 양파, 피망, 파는 없었다.

우습게도 참치, 닭고기, 수프 등이 담긴 각종 저장식 캔과 냉동 야채는 진열장에 꽉 들어차 있었다. 자국의 유통 체계에 대한 믿음 때문에 사지 않은 것인지 아니면 그냥 공포에 질려 남들이 사는 거 보고 따라서 카트를 채우느라 못 본 것인지 궁금해졌다. 아마 후자겠지만.

한국인이 무슨 재주로 파와 마늘 없이 밥을 먹는단 말인가? 한식을 자주 안 먹어도 그 두 재료가 없으면 섭섭하다. 그나마 파는 보통 고명이나 양념으로 쓰는 데다가, 빨리 무르기도 하고 냉동해봐야 맛이 떨어져 없으면 없는 대로 적응해야 했다. 그래도 파를 듬뿍 올린 일본식 덮밥을 좋아하는데 못 만들어 먹는다고 생각하니 눈물이 났다. 하지만 마늘은 모든 파스타에 한두 주먹씩 듬뿍 넣어야 맛

있어 파우더로 대체하고 싶지는 않았다. 미리 카라멜라이즈해서 잔뜩 얼려두기는 했지만, 양파도 서양 요리 재료의 기초 중 기초라 없으면 만들 수 있는 요리가 몇 없다.

그래서 저녁을 챙겨 먹고도 허전한 마음에 지하철 한 정거장 거리에 있는 더 큰 수퍼에 걸어갔다. 규모도 더 크고 판매하는 품목도 다양한 곳이었지만, 역시나 보관 가능한 옥수수, 감자, 고구마, 빵, 라면 등의 탄수화물류가 집중적으로 비어 있었다. 양파와 마늘은 여기에도 없었다. 좌절감에 빠져 사라는 생필품은 안 사고 P가 좋아하는 배 사이다와 라거, 그리고 내가 좋아하는 앵그리오차드의 사과 사이다와 치즈, 각종 햄, 초콜릿 등 안주만 잔뜩 집었다. 다행히 파가 좀 남아 있어서 비싼 가격에도 불구하고 몇 단 담았다.

무리하게 챙긴 무거운 술병들과 안주를 낑낑거리며 들고 돌아오는 밤거리. 사람은 있었지만 차는 드물었고, 무엇보다 뉴욕답지 않게 고요했다. 도시의 배경소음은 항상 나를 힘들게 했는데, 그 소리가 비어 있었다. 그래서인지 곡선 구간을 달리는 지하철의 소음이 평소보다 더 날카롭게 들려왔다.

3월 17일: 레고 파크 코스트코

3월 17일 저녁에 뉴욕시 재택 의무화 명령이 내려졌다. 필수 시설로 지정된 슈퍼마켓, 편의점, 약국, 주류 판매점, 음식점(배달과 포장만 가능), 자동차, 자전거 수리점, 세탁소, 공원을 제외한 모든 시설은 문을 닫아야 하며 일반 직장은 100퍼센트 재택근무 체제로 전환하라는 것이었다.

아침에 일어나 뉴스를 챙겨보다가 뉴욕 시장의 일일 브리핑 때가 되어 채널을 돌렸다. 마침 오늘 중으로 재택 의무화 명령을 내릴지도 모른다는 그의 음성이 흘러

나오고 있었다. 당시 뉴욕시의 신규 확진자 수는 약 2천 5백 명이었다. 고위험군이거나 입원할 수준의 증상이 없으면 검사를 받기 어렵다는 사실을 감안하면, 코로나19는 며칠 만에 확산된 것이 아니라 이전부터 지역 감염이 광범위하게 진행 중이었던 것이다.

뉴스가 널리 퍼지면 당분간 마트는 생필품을 비축하려는 사람들로 가득할 것이었다. 마트에 가기가 두려워졌다. 애초에 물자가 부족하여 장을 볼 수도 없었겠지만 말이다.

하지만 유럽 도시들처럼 강도 높은 조치는 어렵더라도 꼭 필요한 용무가 없으면 밖으로 나다닐 수 없고, 돌아다니더라도 통행 확인서 같은 문서가 필요하게 될 수 있었다. 우버와 같은 교통수단의 통제는 물론, 최소한의 생활을 유지하지 못하게 될 가능성을 생각해서라도 식량 비축은 필요했다.

대충 끼니를 해결하다가 영양 불균형이 올 수도 있는 상황과 코로나19에 걸리는 상황, 양쪽 모두 피하고 싶었다. 해를 보기 힘든 우울한 겨울이 지나고 볕이 좋은 봄날이 왔지만, 외출을 자제한 탓에 햇볕을 마음껏 쬐지 못한 지 아주 오래였다. 또 신선식품을 예전처럼 자주 사기 어려워서 궁여지책으로 종합 비타민을 챙겨 먹고 있었다. 그래도 손 거스러미가 잔뜩 일어났다. 벌써 영양 균형이 깨지기 시작했던 것이다.

보존 식품을 비축하려고 부랴부랴 코스트코로 향했다. 며칠 전이 최적기라고 생각했지만, P가 대학원 지원 마감을 코앞에 두고 있어 절대 시간을 낼 수 없었다. 그 한 번을 미룬 것이 이렇게 될 줄이야. 이번에는 도무지 미룰 수 없다고 생각했다. 혼자라도 가야만 했다.

2주 전에 장을 보러 갈 때 가장 신경 쓰였던 머리카락을 어떻게 해보기로 했다. 마스크에 닿았다가 다른 곳에 닿는 것을 막을 겸, 이마를 손으로 최대한 만지지 않도록 일단 머리칼에 물을 묻혀 바짝 죄어 올렸다. 그런데 평소에 치장을 전혀 하지 않아 머리를 고정시킬 만한 제품이 없었다. 머리를 굴린 끝에 점도가 높은 로션을 잔머리에 흘러내리지 않도록 꼼꼼하게 발랐다. 상투를 튼 듯한 머리 모양이 되면서 이마가 반짝반짝 빛났다. 코로나 시대의 새로운 헤어스타일이었다.

마스크를 들고 나왔지만, 길에 있는 사람들은 아무도 마스크를 쓰고 있지 않았다. 알레르기가 있어서 콧물이 줄줄 나고 재채기도 했지만, 마스크를 썼다간 어디서 얻어맞거나 지하철에서 밀쳐질지도 몰라 무서웠다.

뉴욕 지하철은 스크린 도어가 전혀 없는데, 그래서 간혹 아예 모르는 사람을 지하철 선로에 밀쳐버리는 일이 일어난다. 뉴욕에 도착한 첫 달에 그런 사건들이 동시다발적으로 여러 역에서 일어나서, 안 그래도 낯선 도시가 더욱 두렵게 느껴졌었다. 그중 한 사건은 이미 몇 개월 전에 같은 일로 구속된 전적이 있는 사람이 저지른 일이었다.

한동안은 승강장에 서 있을 때마다 인종 차별주의자나 여성 혐오자, 혹은 뉴욕에서 흔히 볼 수 있는 광기에 가득 찬 사람에게 끔찍한 일이라도 당할까 봐 두려움에 떨며 기둥에 꼭 붙어 있곤 했다. 다행히 이날은 이른 오후 시간이라 지하철이 한산했다. 사람들이 없는 칸을 골라 탔다. 자리에 앉지 않은 채 자주 열리지 않는 쪽의 출입문을 바라보고 서서 무언가가 손에 닿을 때마다 챙겨 간 소독제를 바른 뒤 강박적으로 문질렀다. 마스크는 코스트코에 들어갈 때에나 겨우 쓸 수 있었다.

코스트코에 도착하자마자 마스크를 쓰고 곧장 저장 식품 코너로 향했다. 드디어 사람들이 위기감을 느꼈는지 많은 종류의 캔이 품절이었다. 기존에 진열된 생수는 완전히 품절 상태였고, 평소에는 팔지 않던 폴란드 스프링의 1갤런(약 3.8리터)짜리 생수만 판매 중이었다. 그것마저도 재고가 바닥에 가까워졌다.

생수 바로 옆에 있는 휴지와 페이퍼 타월은 다들 살 만큼 샀으리라 생각했는데 아직도 1명당 1박스로 구매 제한이 걸려 있었다. 계산대에서 물건을 두세 묶음씩 사겠다고 직원과 실랑이하는 사람도 여전히 가득했다.

그들을 지나쳐 피클의 재료가 될 야채와 스무디용으로 바나나와 포도, 파인애플 그리고 말려 먹을 작정으로 귤을 샀다. 세 캔 묶음 홀 토마토와 스무 캔짜리 병아리콩을 한 묶음씩 담고, 병아리 콩으로 만든 숏 파스타도 샀다. 평소에는 양이 너무 많아서 잘 사지 않지만 살균되어서 상미기한賞味期限이 3개월 가까이 되는 저지방 우유와 소분해서 얼려 두면 오래 먹을 수 있는 다진 소고기와 베이컨, 그리고 '바이스부르스트'라고 불리는 독일식 흰 소시지도 샀다. 초코파이 박스를 묶어둔 게 있길래 신나서 카트에 담았다. 음료는 밖에 나갈 일도 없어서 커클랜드 시그니처 탄산수만 한 묶음 샀다. 혼자서 장을 보러 오면 무리하지 않는 선에서 한 바구니 정도만 사는데, 이번에는 장바구니 3개에 탄산수 묶음까지 물건을 살 수 있는 만큼 잔뜩 샀다.

우버를 타기 전에 기사에게 미리 양해를 구했다. 알레르기가 있어 재채기를 많이 하는 편인데 코로나19에 걸린 것 아니고, 증상이 있었으면 밖에 나오지 않았을 것이며, 마스크를 쓰고 있으니 괜찮을 거라고 일일이 설명했다. 짐 싣는 것을 도와주지 않아도 된다고 했지만 우버 기사는 친절하게도 차에서 내려 짐까지 실어주었다.

가는 길에 이야기를 나누었는데, 그는 터키 사람이라고 했다. 코로나19 때문에 한동안 일을 하지 못하다가, 유행이 번지며 기사들이 줄어들었는지 우버 요금이 많이 올랐길래 그동안 못 번 돈을 벌기 위해 나왔다고 했다(나 역시 평소 요금의 두 배를 내고 탔다). 우버 기사는 마스크를 쓰고 있었고, 손 소독제와 스프레이형 소독제를 가지고 있었다. 손님이 타고 내리면 좌석과 손잡이를 소독하고 환기한다고 했다. 나는 모범적인 방법으로 잘하고 있다고, 더워지기 전까지는 창문을 열고 운행하면 괜찮을 거라고 말해주었다.

잠깐의 대화로 부쩍 친근감이 들어 나는 그에게 동아시아인을 대상으로 한 인종 차별이 점점 심해져서 어디 가서 얻어맞을까 봐 요즘 집 밖에 잘 나가지 않는다고 고백했다. 사실 우버를 타는 것도 무서웠다고 하자, 그는 세상엔 나쁜 놈들이 너무 많다며 욕을 했다. 브루클린에서 칼을 열 번 넘게 맞은 중국인 이야기를 하자 소름이 끼친다고 했다. 왜 소수자의 피해는 뉴스에 제대로 나오지도 않느냐며 함께 분개해주었다. 확실히 미국에서 아시아인들이 당한 피해는 뉴스에 거의 나오지 않거나, 단신 정도로 축소 보도되는 경향이 있다. 우스갯소리로 개나 고양이가 뉴스에 더 많이 나온다는 말을 할 정도다.

그는 재택 의무화 명령 예고 소식은 듣지 못했다고 했다. 본격적인 퇴근 시간이 되기 전에 장을 좀 봐두는 게 좋을 것 같다고 하자 동의하며 아내에게 연락해야겠다고 말했다. 집에 도착해서도 그는 건물 앞까지 짐 옮기는 것을 도와주었다. 덕분에 짐을 부리기 훨씬 수월해져 고마운 마음에 팁을 넉넉히 줬다. 우리는 서로 가족들의 안전을 빌며 헤어졌다. 그것 말고는 할 수 있는 일이 없었다.

다음날 드디어 P의 대학원 지원 서류 제출이 모두 끝났다. 그리고 그날 자정을 기해 재택 의무화 명령이 시행되었다. P는 작년 가을부터 꼭 필요한 일이 아니면 거의 집에서 나가지도 않고, 사람 만나는 것도 자제하면서 대학원 준비를 했는데, 어떻게 서류를 다 내자마자 집에만 있으라고 하느냐며 분통을 터뜨렸다. 심리적으로 겨우 자유로워졌는데, 바로 그날 육신의 자유를 빼앗기고 만 것이다.

내게 있어도 올해는 공교롭게도 무슨 일이 끝날 만 하면 새로운 일이 닥치는, 쉽지 않은 해였다. 그래도 액땜이라고 생각하자고 P를 달랬다. 무사히 4월 중순까지 버텨서 한국으로 돌아가는 게 가장 중요했다. 그날 뉴욕시에서만 2천 명 가까운 확진자가 추가되며 총 확진자 수가 1만 명을 넘어섰다.* 동네 가톨릭 교회에서도 집단 감염이 발생하여 건물이 폐쇄되었고, 그리 멀지 않은 퀸즈 아마존

* 뉴욕시 발표에 따른 것으로, 뉴욕주나 미국 전역 합산 통계와 숫자가 맞지 않는다. 초기에 연방 정부가 통계 정보를 공개하지 않은 탓인 듯하다. 여기에서는 뉴욕시 자료를 기준으로 기재했다.

물류 센터에서도 확진자가 발생했다.

그전까지만 해도 뉴욕주에서는 코로나19 검사를 하루 150명 정도밖에 하지 못했는데, FDA와 CDC가 주 내 다른 실험실에서도 검사를 하도록 승인하였다. 그래서 확진자 수가 부쩍 늘어난 것이다. 그전에는 조지아주 애틀랜타에 있는 CDC에서만 코로나19 검사를 할 수 있었다.

하지만 여전히 확진자 수를 실제 감염 현황이 반영된 숫자로 보기는 어려웠다. 정부는 한국식 드라이브 스루 검사를 도입했다가 늘어나는 검사량을 감당하지 못해 슬그머니 취소했다. 그러고는 60세 이상이거나 기저 질환이 있는 고위험군, 병원에 즉각 입원해야 할 정도로 산소포화도가 낮은 환자만 검사하는 것으로 정책이 변경되었다. 도처에서 검사를 받지 못하고 집에서 투병 중인 이들의 증언이 이어졌다. 코로나19의 치사율이 높지 않은 게 천만 다행이었다.

3월 30일 | 아스토리아 코스트코

집에만 있다 보니 세 끼를 꼬박꼬박 챙겨 먹어서 그런지 식량이 평소보다 매우 빠른 속도로 사라졌다. 냉동실에 얼려 둔, 2주 전에 산 초코파이는 이미 뱃속으로 눈 녹듯이 사라졌다. 동네 슈퍼를 갈까 싶었으나 재고도 부족하고 그나마 있는 물건도 상태가 나빴다. 먹는 즐거움까지 없어지면 너무 불행할 것 같아 2주 만에 다시 코스트코에 가기로 했다.

4월 1일 〈뉴욕 타임즈〉 집계 자료에 따르면 우편번호 11368과 11373 지역의 감염이 가장 심각했다. 두 지역에서 각각 1천 명 정도의 확진자가 나왔는데 11368은 코로나, 11373은 엘머스트라는 지역이다. 엘머스트는 3월 초에 지인들과 대만 음식을 먹었던 바로 그곳이었다. 우습지도 않은 우연이었다.

이전에는 주로 동아시아 제품이 많은 레고 파크 코스트코에 갔었다. 하지만 레고 파크 코스트코는 코로나, 엘머스트, 레고 파크 등 세 지역이 맞닿은 곳에 위치한 쇼핑센터에 있어서 도무지 갈 엄두가 안 났다. 그리고 엘머스트 역 근처에 위치한 퀸즈 공공 병원은 당시에 미국 전역에서 사망자가 가장 많이 발생하고 있던 병원이었다. 결국 다시 아스토리아 코스트코에 가기로 마음먹었다.

버스를 기다리며 어디에 앉아야 조금이라도 안전하게 다녀 올 수 있을지 머리를 굴렸다. 환기가 잘 되지만 사람이 많이 오가는 출입구 쪽에 앉을 것인가? 아니면 환기는 포기하더라도 사람들이 잘 오지 않는 구석에 끼어 죽은 듯 있을 것인가? 상상만 하는데도 조바심이 나서 버스 정류장에서 혼자 발을 동동 굴렀다.

다행히도 버스에는 사람이 거의 없었다. 내부에

서 버스 기사 근처로 갈 수 없도록 뒷문으로만 타고 내리도록 되어 있었고, 접근 금지 테이프로 앞 좌석들 사이를 길게 가로질러 줄을 쳐 두었다. 버스 기사와 지하철 기관사 들이 코로나19에 걸리거나 그로 인해 사망했다는 뉴스가 연일 보도되던 시기였다. 심지어 뉴욕 광역대중교통공사의 CEO도 감염되었다고 했다. 다행히도 승객 대부분이 마스크나 천 쪼가리로 코와 입을 가리고 있었다. 어떤 사람은 긴 팔 티셔츠를 얼굴에 둘둘 감고 있었다.

코스트코에 도착하니 매장 밖으로 긴 줄이 있었다. 다행히 생각보다 빨리 줄어들어서 10분 정도밖에 기다리지 않았다. 입장 인원 제한 때문에 줄을 세운 것 같았다. 입장을 시작했을 때 줄 선 사람들이 거의 다 들어간 걸 보니 총원을 정확하게 세는 건 아니고, 대략 30분에 몇십 명 정도 집어넣는 듯했다.

매장 안은 한산한 것처럼 보였지만, 사람들이 어떤 물건을 집으려고 달려들기 시작하면 분위기가 돌변했다. 물과 휴지, 페이퍼 타월이 산처럼 쌓여 있었는데도 카트 가득 사는 사람들이 있었다. 어느 정도 공포감이 가라

않아서인지, 기존 사재기 대상이었던 물, 휴지 등의 구매 제한이 사라지는 대신 반품 금지 딱지가 붙었다. 그런데도 사람들의 마음속 불안감은 늦기 전에 물자를 더 비축하라고 부추기는 모양이었다.

입장하자마자 포장도 채 뜯지 못한 채 반쯤 약탈당한 꼴로 놓여 있던 70퍼센트짜리 아이소프로필 알코올을 챙겼다. 당장 모자라지는 않았지만, 반 병 정도만 남아 있어서 한국에 돌아갈 때도 써야 하고 자가 격리를 하는 동안에도 써야 할 테니 넉넉한 편이 나을 것 같았다. 워낙 싸서 부담이 되지는 않았지만. 가격은 평소의 두 배 정도였다. 뭘 사야 할지 고민하며 머리를 싸매고 매장을 돌아다니는 동안 주변 사람들이 손 소독제를 어디서 집었냐고 열두 번도 더 질문했다. 나중에 이때의 선택을 스스로 정말 잘한 일이라고 생각하게 되었다.

평소에 늘 사던 닭 가슴살뿐만 아니라 모든 종류의 닭고기가 없었다. 직원에게 물어보니 바닥난 지 며칠 되었다고 했다. 고기가 있던 자리는 이 구역에서 최고로 맛없는 생선인 틸라피아와 이상한 냉동 만두가 차지하고 있었다. 냉장 식품, 특히 육류 유통 과정 자체에 문제가 생긴 게 분명했다. 2주 전 미국 전역에 있는 181개의 육류 가공 공장에서 1만 4천 명 이상의 확진자와 약 60명의 사망자가 발생해서 공장 가동이 중단된 곳이 많은 탓인 듯했다.

계란도 1인 1꾸러미 제한이 있었는데, 저렴하거나 양 많은 것은 이미 품절된 지 오래고 20개들이 유기농 계란만 소량 남아 있었다. 운 좋게 거의 마지막 계란을 차지할 수 있었다.

다행히도 소고기와 돼지고기는 살 수 있었다. 소고기는 최대한 적게 먹고 싶어서 큼직한 돼지 목살 덩어리를 챙겼다. 집에 가서 끙끙대며 썰어야겠지만, 썰어놓은 고기가 너무 비싸서 고른 것이었다.

늘 전쟁터나 다름없었던 의류 매대는 깔끔함 그 자체였다. 모든 옷이 각 잡혀 개어져 있었는데, 여러 사람이 옷을 뒤적거리다 접촉되는 게 무서운 탓이었을 테다. 옷 먼지 때문에 재채기가 나오는 것도 신경이 쓰였을 것이다. 집에서 편하게 입을 운동복 바지를 몇 개 고르기 위해 잘 정리된 옷들을 흩트려 놓으니 뜬금없이 비버의 집을 부수는 동물원 사육사 생각이 났다.

이제 충분히 샀으니 더 살 물건이 없겠지 싶었는

데, 애완동물 용품 코너에 비치된 고양이와 개 사료에 전부 구매 제한이 걸려 있는 것이 눈에 띄었다. 그래, 동물도 먹고 살아야지. 뉴욕은 사람 유치원이 닫는 와중에도 동물들을 위한 공원은 열려 있는 도시니까. 뉴욕에는 개가 정말 많은데, 고양이가 개보다 더 많다고 한다. 고양이는 집 밖에 나오지 않으니까 정확한 사실을 내가 알 길이 없지만 말이다.

우습게도 누군가가 안 팔리는 코로나 맥주 박스를 뜯어서, 현장에서 쭉 들이켜고 남겨놓은 빈 병들이 덩그러니 놓여 있었다. 벌크로 묶여 있는 상품을 뜯어서 하나씩 먹고 쓰레기까지 버려놓은 꼴은 생각보다 흔하게 볼 수 있는 광경이지만, 미지근한 맥주를 부러 왜 마셨나 싶긴 했다.

계산대로 가니 N95나 KN95 마스크를 쓰고 있는 사람들이 보였다. 심지어 전신 방호복에 고글을 쓰고 N95 마스크와 장갑을 두 겹씩 끼고 카트를 미는 사람도 보았다. 고작 장 보러 오는데 저런 짓을 하다니. 이해가 되기도 하고, 한심하기도 했다. 장갑 끼고 이것저것 다 만지고 나서 장갑만 벗으면 안전하다고 생각하는 사람들이 많던데, 교차 감염이 걱정되었다. 특히 밖에서 휴대폰을 실컷 만지고 장갑을 벗고 나서 소독 없이 휴대폰을 다시 만지면 말짱 꽝 아닌가? 마스크도 그만 좀 만지작거렸으면 했다. 그마저도 안 쓴 사람이 참 많았다. 도대체 중간이 없는 사람들뿐이었다.

누구와도 말을 섞지 않고, 숨도 안 쉰 채 우버를 타고 집으로 돌아왔다. 마스크를 뚫고 들어오는 약품 냄새와 함께 밀려드는 두려움과 긴장감에 멀미와 구역질이 났다. 정신 없는 와중에도 손을 씻고 들어오면서 만진 손잡이와 포장의 겉면을 살균제로 닦는 것을 잊지 않았다.

'라이솔Lysol'이라는 브랜드의 살균제가 바이러스를 죽일(?) 수 있다고 미국 환경보호청EPA이 공식적으로 발표하였다. 염화벤잘코늄이 주 유효 성분으로, 해당 성분이 들어 있는 살균제는 모두 사용 가능하다고 했다.

일반적으로 살균제는 섭취하거나 코로 들이마셨을 때 유해하므로 식품이나 식품과 직접 맞닿는 물건의 표면은 닦을 수 없다. 그래서 식품들은 알코올로 닦아냈다. 어떤 화학 반응이 발생할지 모르지만, 바이러스보다 유해할 리 없다고 생각했다. 끽해봤자 식품이 빨리 상하는 정도가 아닐까.

장바구니도 닦아서 말린 뒤 접어 보관하고, 옷도 모두 소독한 후에 빨래 통에 던졌다. 휴대폰과 케이스, 케이스에 꽂혀 있던 코스트코 회원 카드와 신용 카드, 신분증 등을 모두 꺼내 닦았다. 마스크는 잘 말아서 쓰레기통 한구석에 깊숙이 처박고 알코올로 손을 한 차례 소독했다.

정리를 다 하고 나니 두피가 땀으로 흥건했다. 머리 꼭대기에서부터 흘러내린 땀으로 눈과 피부가 따갑고 가려워서 씻고 싶었지만, 얼굴을 만지기가 두려웠다. 가려움을 해소하기 위해 새끼손가락으로 관자놀이를 가끔 긁는 게 내가 할 수 있는 유일한 일이었다. 손 세정제, 고체 비누, 액체 비누 등 성분이 다른 세제로 손 주름과 손톱 아래까지 세 번에 걸쳐 박박 문질러 씻었다. 그런 후에야 안심하고 샤워를 할 수 있었다. 머리카락을 영혼까지 조여 매서 상투를 틀었더니 진한 두통이 왔다. 머리를 풀자 긴장도 완전히 풀렸다. 머리를 묶은 채 밖에서 종일 일해야 하는 사람들의 고충이 어떨지 상상이 되지 않았다.

쏟아지는 뜨거운 물 아래 한 식경 서 있다 나와

젖은 머리카락도 다 말리지 못하고 비몽사몽 침대에 쓰러졌다. 마침 바깥 날씨도 침침하고 쌀쌀해서, 침대와 따뜻한 이불에 폭 파묻히자 몇 시간 동안 일어날 수가 없었다. 이쯤 되면 외출 자체가 작전이었고, 보이지 않는 전쟁이었다.

5장

2020년 4월 | 코로나19 생존 일지

4월, 뉴욕은 코로나19에 함락당했다. 글을 쓰며 사실을 과장하지 않으려고 애썼지만, 이 표현만큼은 전혀 과장이 아니다.

'포위된 의료 시스템'이라는 말을 쓸 정도로 미국 의료진들은 코로나19와 총력전을 벌였다. 심지어 은퇴한 의사와 간호사 들(고령 인구로 고위험군에 속한다)에게 도움을 요청할 정도였다. 특히 간호사들은 열이 나도 무슨 병인지도 모른 채 잠깐 출근을 중단했다가, 열이 내리면 곧바로 다시 출근해야만 했다. 코로나19가 점령한 응급실에는 병상이 부족했고, 제때 들어가지 못한 다른 응급 환자들이 죽어갔다. 운 좋게 입원한 코로나19 환자들도 인공호흡기를 달고 약물로 유도된 혼수상태에서 생사의 사투를 벌이고 있었다.

엠파이어 스테이트 빌딩은 밤마다 붉은 경광등을 켜 도시가 위기에 빠졌음을 알렸다. 뉴욕 경찰의 18퍼센트, 응급 구조 요원의 20퍼센트가 코로나19 증상이 있거나 확진 판정을 받았다고 했다. 닫지 않아도 되는 업종의 가게도 절반 가까이 문을 닫아걸었다. 밝은 얼굴을 잃어버린 황량한 거리에서 사람들은 서로를 피했고, 간혹 길에서 싸우는 소리가 들렸다.

며칠 만에 '전 세계 최고의 도시'는 완전히 정지되었다. 차와 비행기 소음은 완전히 사라지고 도시는 침묵 속에 가라앉았다. 고요함을 깨뜨리는 것은 오직 앰뷸런스의 사이렌 소리뿐이었다. 뉴스에서는 연일 미국이 처한 상황을 믿을 수 없다는 말투로 미주알고주알 떠들어대고 있었다. 연방 정부는, 주 정부는, 보건 당국은 무엇을 하고 있느냐는 비판이 쏟아졌다.

아마도 이 위대한 나라의 시민 중 절반은 대통령

의 말을 철석같이 믿어버린 게 틀림없다. '차이나 바이러스'는 미개하고 더러운 중국인들이나 걸리는 질병이라고. 우리는 가장 위대한 나라니까, 다시 위대한 시대가 올 것이니까 그런 풍토병과는 거리가 멀다고 말이다.

그렇지 않다면 어떻게 사태가 이렇게 될 줄 모를 수 있을까? 비전문가인 나 역시 뉴스만 봐도 대책 없이 손 놓고 있으면 어떻게 될지 너무나 쉽게 예상할 수 있었는데 말이다. 춘절 연휴 직후 공포에 질린 중국인들, 유럽의 국경 폐쇄를 피해 아무런 검역 없이 미국 전역으로 쏟아져 들어온 미국인들을 보며 느낀 게 없었을까? 코로나19가 인간의 몸에서 어떻게 작용하는지는 몰라도 모두가 알 던 사실이 있다. 질병은 사람을 가리지 않는다.

한편 코로나19는 빈자와 부자를 구분짓는 계기가 되었다. 맨해튼의 부유한 사람들은 재택 의무화 명령이 내려지자마자 롱아일랜드의 여름 별장으로, 뉴저지와 코네티컷 등 동부 해안의 한적한 교외 별장으로 빠져나갔다. 우편물을 받기 위해 임시로 주소를 변경하는 것도 잊지 않았다. 어떤 사람들은 아직 쌀쌀한 날씨 탓에 따뜻한 플로리다로 갔다. 재택근무가 가능한 지식 노동자들은 음식과 다른 서비스들을 원격으로 주문하면서 집에서 나오지 않았다. 그들은 스스로를 지킬 수 있었다.

반면 소득 수준이 낮고, 노동 계층과 이민자들이 많은 지역일수록 감염 정도가 극심했다. 하루 벌어 하루 먹고 사는데 전염병이 돈다고 일을 포기한 채 집에만 있을 수는 없었다. 많은 사람들이 집세를 내기 위해 바깥으로 나갔고, 그렇게 서로를 아프게 만들었다. 스스로를 지킬 줄 몰라서가 아니었다. 그들은 생계를 이어가기 위해 당장의 건강을 포기할 수밖에 없었다.

혼란스러운 상황은 계속해서 가중되었다. 겁에 질린 몇몇 의사와 약사 들이 코로나19에 효과가 있다고 알려진 하이드록시클로로퀸이라는 약물을 사재기하는 바람에, 정작 그 약물을 필요로 하는 류마티스와 루푸스 환자들은 약을 구하기 어렵게 되었다. 코로나19와 맞서 싸우는 최전선의 의료진들은 보호 장비도 없이 복도까지 넘쳐나는 중증 환자들을 돌보았다. 증상을 호소하는 수많은 사람들은 숨 쉬고 걸을 수 있다는 이유로 별다른 조치 없이 집으로 돌려보내졌다.

코로나19로 사망한 무연고자들은 장례 절차 없

이 브롱스의 하트 아일랜드 집단 매장지에 묻히며 쓸쓸한 죽음을 맞았다. 평소 같으면 온갖 차량들이 소음과 매연을 뿜어내고 있었을 한낮의 거리에는 쥐새끼 한 마리 보이지 않았고, 시체들을 보관한 거대한 냉동 트럭만이 서 있었다. 브루클린의 한 장례 시설은 밀려드는 수요를 감당하지 못해 가방 속에 든 시체에 얼음을 부어 빌린 트럭에 보관했다. 결국 시체 일부가 부패하면서 악취를 내뿜고 말았다.

이 모든 일들을 전문가들이 예측하지 못했을 리 없었다. 하지만 이들은 상황을 파악하고 예측하는 능력은 있어도 그에 대처할 수 있는 권력은 없다. 국가 위기 상황에서 가장 중요한 것은 지도자의 리더십이다. 정보를 하나로 모으고 각 부처 간의 소통을 원활하게 하는 중심이 없으면, 아무리 잘 대비된 시스템이 있다 하더라도 각개 전투가 될 수밖에 없다. 의학, 약학뿐만 아니라 생물학, 공중보건학, 통계학, 행정학 등 수많은 분야의 전문가들이 힘을 합쳐 큰 그림을 그리고 세부적인 대책을 세워야 할 때였다. 톱니바퀴가 하나라도 빠지면 대책은 그 힘을 잃어버리니까.

그러나 최전선에 서 있는 사람들이, 또 사회의 가

장자리에 있는 사람들이 병마와 사투를 벌이는 동안 미국 대통령은 모든 게 아주 잘 돌아가고 있다고 했다. 사람은 그다지 많이 죽지 않았고, 모든 게 미디어가 만들어 낸 허상일 뿐이라고 주장했다. 그리고 그와 입장을 같이 하는 몇몇 국가의 지도자들도 미국의 방식을 충실하게 복제하고 있었다.

3월 31일: 첫 날

P가 아프다.

오전에 운동하고 온 P가 두통을 호소하며 몸이 이상하다고 했다. 이마에 손을 대어보니 헷갈릴 수 없을 정도로 열이 느껴졌다. 하지만 체온계가 없어서 정확한 온도를 잴 수가 없었다. 무리해서 그런 것일 수도 있으니 우선 소염 진통제인 이부프로펜을 두 알 먹고 쉬어보기로 했다.

혹시나 하는 마음에 생활 공간을 분리하기로 했다. 내가 쓸 수건을 따로 챙기고, 화장실에 손 소독제와

70퍼센트짜리 소독용 아이소프로필 알코올 스프레이도 두었다. 손이 자주 닿았을 만한 문고리와 문틀, 스위치를 소독용 알코올로 닦았다.

별일 아니라고, 그냥 피곤해서 그런 거라고, 긴장이 풀려서 그렇다고 계속 되뇌었다. 마침 이틀 전에 중요한 대학원 합격 통보를 받은 참이라 긴장이 풀릴 법도 했다. 작년에 들어가려 한 대학원이 성에 차지 않아 1년이라는 시간과 돈, 노력을 더 투자했고, 좋은 결과가 나와서 둘이 얼싸안고 즐거워한 게 불과 사흘 전이었으니.

P는 한숨 푹 자고 일어나더니 괜찮아졌는지, 침대에 비스듬히 기대어 누워 깔깔거리며 유튜브를 보고 있었다. 다행히 몸살이었던 것 같다. 저녁으로 여경래 셰프의 레시피를 참고해 연두부와 다진 고기를 잔뜩 넣은 마파두부를 만들었다. 먹어보니 맛이 너무 좋아서 스승님을 진작 알아보지 못했다며 자책했다. 혹시 몰라 식사는 각자의 공간에서 했다.

뒷정리를 마치고 잠자리에 누워서 천장을 바라보는데 잠이 잘 오지 않아서 수면 보조제인 멜라토닌을 약간 먹었다. 'P가 코로나19에 걸린 거면 어떻게 하지?' 하는 생각이 불현듯 들었지만, 곧 생각을 고쳐먹었다. 속으로 나를 달래듯 읊조렸다. '호들갑 떨지 말고 마음을 붙잡아야 해. 별일 아닐 거야. 대다수는 별 증상 없이 넘어간다고 하잖아.'

4월 1일

P를 푹 재워야겠다는 생각으로 내버려 뒀다. 몇 시간 뒤 상태를 봐야 할 것 같아서 방에 들어갔더니, 반쯤 비몽사몽한 상태로 끙끙 앓고 있었다. 이마가 불덩이였다. 깨워서 약은 먹었느냐고 물어보았는데 말도 잘 알아듣지 못하고, 대답도 어물어물했다. 질문을 여러 번 반복한 끝에야 먹지 않았다고 해서 아세트아미노펜(타이레놀)을 주었다. 손 뻗으면 닿을 곳에 미지근한 생수를 두고 꿀을 잔뜩 넣은 캐모마일 차를 끓여주었다.

감기도 1년에 한 번 걸릴까 말까 한 사람이 이렇

게 심하게 앓아누우니 겁부터 났다. 한 달에도 몇 번씩 감기에 걸리기도 하고, 걸리면 일주일은 앓아눕는 나에게 저 이름 모를 병이 옮는다면 그냥 아픈 정도로 끝나지 않을 거였다. 미국 땅에서 불귀의 객이 되기는 싫었다.

P가 물과 약을 삼키고 쉬는 동안, 체온계가 없어서 머리를 쥐어뜯다가 임시방편으로 쓸 온도계가 생각났다. 조리할 때 재료의 내부 온도를 재는 요리용 탐침 온도계다. 재료에 언제든 찔러넣을 수 있어야 해서 끝이 날카로웠다. 랩으로 온도계 끝을 어느 정도 안전하게 감싸고 난 뒤, 시험 삼아 내 체온을 측정해보았다.

안 그래도 온도계의 반응 속도가 느린 편이라 끓는 물에 넣어도 온도가 정확히 측정될 때까지 한참 걸리는데, 체온을 재려고 하니 한세월이 걸렸다. 한 번 측정할 때마다 몇 분씩 걸렸지만, 오차를 확인하려고 다섯 번 정도 반복적으로 측정했다. 혀 밑에서 36도, 겨드랑이에서 35.5도로 측정되었다. 내 체온이 36.5도라고 가정했을 때 약간 낮게 나오기는 하지만 감안하고 사용하기로 했다. 사용한 랩을 제거하고 온도계를 소독한 다음, 다시 끝을 얇게 감싸서 다치지 않을 만큼만 혀 아래에 최대한 밀착시켜보라고 P에게 주문했다. 해열제를 먹고 나서 한 시간가량 지났는데도 37.7도였다. 실제 체온은 분명히 38도가 넘을 것이다.

다행히 약을 먹고 나서는 비교적 사람처럼 말하기 시작했다. 간단히 식사를 챙겨주고 난 후 P에게 주의 사항을 주지시켰다. 화장실 갈 때를 제외하고는 절대 방에서 나오지 말고, 나올 때는 항상 손 소독제를 사용한 후에 마스크를 쓰고, 화장실을 사용한 후에는 반드시 알코올로 소독을 하라고 했다. 또 내가 방을 치우거나 식사를 가져다주기 위해 방 안에 들어가기 전에는 반드시 창문을 열어서 5분 이상 환기를 시켜놓으라고 했다.

볕은 따뜻했지만, 바깥 날씨는 20도를 밑돌았기에 제법 쌀쌀해서 환기를 시킬 때마다 P는 온몸을 벌벌 떨었다. 땀이 나긴 하지만 여전히 열이 높았고, 오한이 든다고 했다. 추운 동시에 덥고, 몸은 끈적하고 갑갑한 기분이 든다고 했다. 긴 옷을 주었더니 힘들다고 해서 옷은 얇게 입히고, 두꺼운 겨울용 극세사 이불을 꺼내서 얇은 이불과 번갈아 가며 덮을 수 있게 했다. 원래라면 벌써 끊겼을 중앙난방이 계속 들어오는 것이 천만다행이었다.

'해열제가 효과가 없었을까? 아니면 효과를 발휘하고도 이 온도일까? 내가 정상 체온이 맞기는 한가?'

이런저런 생각에 심장이 납덩이처럼 무겁고 식은 땀이 나기 시작했다. 입안이 썼다.

집에 소염 진통제인 나프록센(알레브)과 이부프로펜(애드빌)은 충분했지만, 해열 진통제인 아세트아미노펜(타이레놀)은 남은 것이 열 알이 채 되지 않았다. 하루에 먹을 수 있는 양은 최대 8개. 스트레스를 많이 받아서 그런지 밤새 위가 심하게 아파서 위산 분비 억제제도 필요했다. 제대로 된 체온계도 필요한 것은 마찬가지였다. 아무래도 안 되겠다 싶어서 새벽에 24시간 약국에 갔는데, 아세트아미노펜이 들어간 모든 약의 씨가 말라 있었다. 평범한 알약부터 감기 시럽, 다른 약물들과 섞여 있는 복합제제까지 전부 깨끗히 사라져 있었다. 미국은 약의 판매 단위가 커서 한 병에 백 알씩 든 것도 있는데, 그걸 왜 몇 병씩 사재기하는 건지 이해되지 않았다. 유효기간 안에 간 손상 없이 다 먹을 수 있는 것도 아닐 텐데. 당장 약이 필요하지 않은 사람은 약을 잔뜩 가지고 있고, 정작 약이 필요한 사람은 아껴먹어야 하는 이 상황이 너무 허탈했다.

알아보니 프랑스 보건 당국에서 이부프로펜이 코로나19의 증세를 악화시킬 수도 있으니 차라리 아세트아미노펜을 먹으라는 식으로 발표했던 것이 원인이었다. 초기에 마스크를 쓰니 마니, 하이드록시클로로퀸이 치료제가 맞니 아니니, 아연과 지스로맥스*를 같이 먹으면 효과가 있다느니 하는 검증되지 않은 온갖 정보가 나돌아다녀서 혼란이 더욱 가중되었던 것이다. 나 역시 P에게 이부프로펜을 계속 먹이자니 불안했던 게 사실이다.

최근 여러 연구 결과에 따르면 이부프로펜은 전혀 증세를 악화시키지 않는다고 한다. 물론 기저 질환이 있을 때 이부프로펜의 장기적인 복용으로 인한 합병증 등이 발생할 확률이 있다고는 하는데, 합병증의 원인이 기저 질환 때문인지 이부프로펜 때문인지는 명확하지 않다고 한다. 결론은 먹어도 된다는 것인데, 그때는 당장의 체온 조절 때문에 어쩔 수 없이 먹었다.

감기와 진통제 코너의 모든 진열장을 구석구석 다 뒤졌지만 아세트아미노펜은 하나도 없었다. 공황이 오

* 호흡기 등에 발병한 감염증을 치료하는 약제.

는 듯 약간 멍하고 호흡이 가빠져서 눈을 감고 가만히 서 있었는데, 갑자기 머릿속을 번뜩 스치는 것이 있었다. 허둥지둥 수면 보조제 코너쪽으로 향했더니, 아세트아미노펜이 잔뜩 있었다! 물론 아세트아미노펜 5백 밀리그램에 디펜히드라민* 25밀리그램이 포함된 진통제 겸 수면 보조제였지만, 밤에 주로 쓰면 되니까 어쨌든 이부프로펜 사용을 최소화 할 수 있겠다 싶었다. 약이 필요한 다른 사람들도 발견하길 빌면서 백 알이 들어 있는 병을 하나 샀다. 체온계와 산소 포화도 측정기는 당연히 없었다. 마스크는? 말할 필요도 없다.

4월 2일

P가 아픈 지 사흘째, 나에게도 두통과 인후통이 찾아왔다. 두통은 꽤 심한 편이었고 아주 간헐적으로 기침도 했다. P에게 신경을 많이 쓴 탓에 나타나는 증상인지,

* 1세대 항히스타민제의 일종.

가벼운 코로나19 증상인지 헷갈렸지만 움직일 수만 있으면 상관없었다. 나는 체질상 이부프로펜을 먹지 못하고, 나프록센을 먹으면 위가 쓰려서 한번 아프기 시작하면 정말 답이 없었다. 일단 두통을 잠재우고자 아세트아미노펜을 하나 먹고 위장약인 오메프라졸도 먹었다.

불행 중 다행으로 P는 목이 괜찮다고 하고, 기침도 하지 않았다. 하지만 유독 뜬금없이 이상한 말을 많이 했다. 평소에도 횡설수설할 때가 있지만, 아직도 온전히 정신을 차리지 못한 것 같았다.

아세트아미노펜을 1천 밀리그램씩 꾸준히 먹여도 P의 열은 쉬이 내리지 않았다. 심한 근육통으로 온몸이 아프다고 너무 괴로워해서 낮 동안에는 4시간 간격으로 아세트아미노펜 5백 밀리그램을 주고 6시간 간격으로 이부프로펜을 추가 투여했다.

혹시나 더 잘 듣는 약이 있을까 싶어 중간에 이부프로펜을 나프록센으로 바꾸어 하루 정도 12시간 간격으로 440밀리그램씩 줘봤는데, 해열 효과가 더 떨어지고 통증도 잘 가라앉지 않는 것 같아서 다시 이부프로펜과 아세트아미노펜을 섞어 먹는 방식으로 돌아왔다. 자기 전에는 디펜히드라민이 든 아세트아미노펜 한 알과 이부프로펜 두 알을 주었다.

약을 먹은 뒤 1시간 후에 꼬박꼬박 체온을 쟀지만 37.5도 밑으로 떨어진 적이 없었다. P가 물을 좀 더 마셨으면 했다. 병에 든 생수를 마시니 얼마나 마시는지 확인하기도 쉬웠다. 시간 맞춰 마시라고 자주 알려줘야겠다.

초기에 위산 억제제들이 코로나19에 효과가 있을지도 모른다는 이야기가 있어서인지 통계적 조사를 진행했다는데, 최근 조사 결과에 따르면 오메프라졸이 위의 산도를 낮추면서 코로나 감염을 부추기거나 증상을 심각하게 만들 수도 있다는 이야기도 나오는 모양이다. 아직 분명한 것은 없다.

우한 상황을 다룬 중국의 한 다큐멘터리에서 코로나19에 감염되었으나 입원 병상이 없어서 도보로 통원하는 사람을 보았는데, 가스 불만 켜면 기침이 나와서 따뜻한 음식을 먹을 수 없다고 했다. 내게도 코로나19 증상이 나타날 경우를 대비해 죽과 카레를 큰 솥으로 끓였다. 밥도 잔뜩 한 뒤 소분해서 냉동실에 차곡차곡 쌓았다. P가 조금이라도 기운을 차리길 바라며, 잣을 갈아 잣죽을 만들었다. 언제든 먹을 수 있도록 식혀서 보관 용기에 1인분보다 약간 작게 계량해서 담았다.

계속되는 간호와 혹시 모를 불상사에 대비해 준비하는 일들이 내 마음을 지치게 했는지 슬슬 약한 공황장애 증상이 오기 시작했다. 정신력을 키우기 위해 틈만 나면 요가 니드라* 수련을 하며 호흡을 골랐다.

4월 3일

판매 저조로 코로나 맥주의 생산이 중단되었다.

미국 보수 당원들은 모두가 적당한 혜택을 받는 것보다 돈을 낸 만큼, 자신만 더 좋은 혜택을 받기 위해서 현재의 보험 제도를 지지한다는 말을 서슴없이 하고 있다.

현재 미국 내 N95 마스크가 절대적으로 부족한 이유는 3M의 국내 생산 능력이 부족해서가 아니라, 법적인 보호 장치를 의회가 승인해주지 않아서였다고 〈워싱턴

* 명상 요가의 일종.

포스트〉가 보도했다. 여기서 법적인 보호 장치란 마스크를 쓰고도 코로나19에 걸렸을 경우 소송을 면하게 해주는 등의 기업을 보호하는 법을 말한다.

뉴욕시 마스크 착용 지침도 변경되어, 기저 질환, 방문력, 증상에 상관없이 모든 사람이 마스크를 쓸 것을 권고하기 시작했다.

가수 빌 위더스가 나흘 전에 사망했다. 그의 음악을 종일 크게 틀어놓았다. 익숙한 목소리를 들으니 정적 속에서 불안해하고 혼란스러워하는 것보다는 훨씬 나았다. 옛날 생각이 나면서 불안이 조금씩 덜어지고 멜랑콜리해졌다.

음악을 들으며 미리 사 둔 레몬과 라임을 얇게 저며서 절임을 왕창 만들었다. 꿀에 절이려니 동이 났길래 새로 사러 나가기는 뭐해서 설탕과 꿀을 섞었다. 어쩌다 그랬는지 모르겠지만 발등의 혈관이 터져서 시커멓게 변해 있었다. 스칠 때마다 꽤 아팠으나 대수롭지 않게 여겼다.

저녁 7시마다 사람들이 서로를 격려하듯이 창가에서 박수를 치고, 휘파람을 불고, 소리를 지르며 냄비를 두들기기 시작했다. 같은 블럭에 소방서가 있어서, 건너편

건물의 사람들이 창문에 큰 글씨로 'Thank you!'라고 쓰인 플래카드를 붙여놓기도 했다. 그런 종류의 집단 활동이 불안에 도움이 된다고 하지만, 나는 더욱 불안해졌다. 그래서 7시가 되면 방 안에 빗소리를 아주 크게 틀고 노이즈 캔슬링 이어폰을 낀 채로 명상을 했다.

P는 잠들 수도, 정신을 차릴 수도 없는 상태로 간밤을 지샌 것 같았다. 아침에 일어나서 보니 밤새 비몽사몽하다가 막 잠에 들 뻔했다고 한다. 이마에 손을 대어보니 엄청나게 뜨거웠다. 아침 약을 안 먹었다고 해서 아세트아미노펜 한 알과 이부프로펜을 한 알씩 주었다. 해열제만으로는 충분하지 않아 몸에 두를 냉찜질 팩, 이마에 올릴 얼음 주머니와 수건도 주었다. 그리고 힘들면 언제든 전화하라고, 아무때나 좋으니 제발 전화하라고 당부했다. 약을 너무 많이 먹는 게 아닌가 싶어 걱정되기도 했지만, 조리용 온도계로 재는 체온은 해열제를 먹고서도 여전히 38도를 넘나들었다. 온도계가 못미더워 꼼꼼히 씻고 소독을 한 후에 내 체온을 여러 번 쟀는데 36.1도였다.

오래 걸리더라도 믿을만한 체온계를 구해야 되겠다 싶어 아마존을 포함한 모든 온라인 쇼핑몰을 뒤졌는데, 최소 한 달에서 세 달 이후에 도착한다고 되어 있었다. 설령 주문한다 해도 때맞춰 제대로 온다는 기약은 없었다. 날짜가 매일 바뀌고 밀렸기 때문이었다.

사이트들을 샅샅이 뒤진 끝에 장난감처럼 보이는 구강용 체온계를 샀다. 평소보다 세 배는 비싼 것 같은 가격이었지만 일주일 내로 온다고 해서 그냥 샀다.

정확한 체온계를 적당한 값에 사겠다고, 온갖 스펙과 리뷰를 비교하다가 체온계를 사놓지 않은 걸 오천 사백 번쯤 후회했다. 체온계가 도착할 때쯤이면 P의 증상이 사라져서 쓸모가 없어졌으면 좋겠다고 생각했다. 산소 포화도 측정기는 어디에도 없었다.

분명히 과하다 싶을 정도로 조심시켰는데 대체 무엇이 문제였지? 마스크 성능이 떨어졌나? 그렇다면 내가 먼저 걸렸어야 하는데. 내가 무증상 감염인 상태에서 P에게 옮긴 건가? 독감과 코로나19가 동시에 걸린 상황일까? 산소 포화도가 위험할 정도로 떨어지기 전에 어떻게 알 수 있지? 혈전이나 다른 합병증이 발생할 확률은? 체온계 대체품으로 쓰고 있는 온도계는 믿을 만한 건가? 너무 늦지 않도록 병원에 가야할 시점은 도대체 언제지? 아니, 병원에 갈 수는 있을까? 뭘 타고 가야 하지? 택시? 대중교통? 앰뷸런스? 아니면 이런 상태의 사람을 데리고 걸어서? 체온 관리는 어떻게 해야 하지? 후유증이 남으면 어떻게 하지?

질문이 꼬리에 꼬리를 물면서 불안과 공황이 나를 덮쳤다. P는 어떤 보험도 없었다. 7시의 소란이 지나고 나면 창 밖은 무서울 정도로 고요하고 어두웠다. 9시가 넘으면 주기적으로 들리던 이웃집의 TV 소리조차 들리지 않았다. 연락할 곳도, 도움을 청할 곳도 없었다. 여기엔 오로지 나뿐이었다.

4월 4일

뉴욕시에서 무료 급식을 시작했다. 뉴욕에 사는 모든 사람들이 근처의 학교에 가면 포장해놓은 음식을 가져갈 수 있다고 한다. 뉴욕뿐만 아니라 무료 급식을 시행하는 모든 주에서 길게 늘어선 사람과 차량들을 볼 수 있었다.

무엇을 주나 궁금해서 메뉴를 보니 아침은 과자와 빵, 점심은 대충 냉동식품과 건조식품을 버무린 무언가였다. 이조차도 줄을 서서 받아가야 한다고 했다. 신선한 야채나 고기를 좀 얻을 수 있나 해서 기웃거렸던 내가 순진했다.

고작 화장실에 갈 때도 숨이 차서 헐떡거리는 기자도 검사를 받을 수 없다는 보도가 계속되는 판국인지라 진료를 받을 수 없을 것이 분명했지만, 혹시나 해서 P를 데리고 병원에 가면 코로나19 검사를 받을 수 있을지 알아보았다. 인터넷에선 말을 할 수 없을 정도로 기침이 나오고, 숨쉬기가 어려우며, 열이 39도는 되어야 검사가 가능하다고 했다. 그뿐만이 아니라 추가로 확진자 접촉 이력, 유행 지역 여행력, 호흡기 기저 질환, 이 셋 중 하나에는 부합해야 검사 대상이라고 한다. 상황이 심각한 것 같아서 어떻게든 검사를 받아보려고 전화를 돌리면, 1차 병원은 보건 당국에, 지역 보건 당국은 1차 병원에 문의를 하라고 말했다고 한다. 1차 병원, 대형 병원 응급실, 지역 보건 당국, CDC가 서로 책임을 미루는 탓에 그냥 포기하고 집에서 쉬는 게 나았다는 트윗도 봤다.

P의 상태가 좋아질 기미가 없다. 계속 열이 나고 앉아 있는 것조차 힘들어했다. 죽 말고 다른 음식은 먹을 기운이 없다고 했다. 1인분의 반 정도를 주는데도 도통 먹지를 못했다. 그래서 더 적은 양을 자주 주었다. 단백질을 너무 못 먹는 것 같아 죽에 삶은 계란이나 참치를 조금씩 얹어줬다. 계속 열이 나니 당이라도 충전하라고 레몬 라임 꿀차와 얼린 초코파이를 주었다. 항염 작용을 한다는 과일들과 생강, 건강 보조제를 넣어 만든 스무디도 먹였다. 음식을 챙기면서 얼음 주머니와 찜질 팩을 최대한 자주 갈아주려고 애썼다. 무엇을 더 주어야 할지 모르겠다.

어제 종일 빌 위더스만 들어서, 오늘은 커티스 메이필드와 오티스 레딩으로 바꿔보았다. 어떻게든 헤치고 지나왔지만 뒤돌아보면 우울하고 힘든 기억으로 잔뜩 뒤덮인 짧은 생은 열다섯 살에서 도무지 발전할 기미가 보이지 않았다.

4월 5일

뉴욕 브롱스 동물원의 사자와 호랑이가 열과 기침 증상을 보여 검사했더니 코로나19에 걸렸다고 한다. 오늘도 어제와 똑같다. P의 식사와 약, 간식을 챙기고 체온을 재며 얼음팩을 갈아주는 시간들의 사이를 견뎠다. 반복되는 일정과 일정 사이의 틈에 끼어 있는 기분이다. 하루 종일 누워 있었다. 아무것도 할 마음이 들지 않았다. 이따금 불안해지면 귀여운 것을 많이 봤다.

4월 6일

코로나19는 아무것도 아니라고 큰소리치다 감염된 보리스 존슨 영국 총리가 중환자실로 옮겨졌다. 와중에 영국에서는 5G 통신망이 인간의 면역 체계를 약화시켜 바이러스 전파가 쉬워진다는 루머가 퍼지고 있었다. 기지국에 방화하려는 시도가 잇따르고 있다고 한다. 과연 러다이트의 나라다.

증상이 조금 나아진 P와 잠깐 수다를 떨었다. 해열제를 먹으면 체온이 37도까지 내려가기도 했다. 식사와 물을 가져다 주고 치우러 갈 때마다 P는 계속 마스크를 쓰지 않고 있었다. 계속 이런식으로 굴면 내가 죽어서 한국에 돌아갈 수 없겠다고 우스갯소리로 이야기했지만 속으로는 아파서, 힘들어서 그렇겠거니 했다.

4월 7일

무료 급식소조차 닫아야 한다고 주장하는 사람들이 생겼다. 그럼 식량을 구하지 못한 수많은 사람들은 그냥 굶어죽어야 한단 말인가? 기가 막혔다.

미슐랭 식당 '모모푸쿠'로 유명한 데이빗 장은 앞으로 파스타를 삶을 때 소금을 넣지 않겠다고 선언했다. 사재기 탓에 소금 가격이 올랐기 때문이다. 저렴한 브랜드의 소금 원가는 아마 5천 원도 안 하겠지만, 지금은 한 통에 2만 원 가까이 한다.

파스타 삶을 때 소금을 넣어야 하는 것조차 사실

은 거짓말이라고 주장하는 댓글이 눈에 띄었다. 이젠 어떤 미국인들이 왜 그렇게 생각하는지 신경 쓰고 싶지 않다. 그들이 무엇을 어떻게 생각하든 관심을 쏟기 싫다.

P가 병원에 다녀왔다. 비록 온라인 수업이지만 결석 처리를 하려면 진료 확인서가 필요하다고 했기 때문이다. 코로나19인 것 같은데 진료 확인서를 받아오라고 했다고? 다시 한번 확인해보라고 했더니, 비자 요건이 일정 이상 출석을 하는 것이므로 어쨌든 서류상 필요하다고 했다. 자국민의 안전보다 외국인이 비자를 오용하여 불법 체류할 가능성을 막는 게 더 중요하다니, 기가 막혔다.

다행히 P는 병원에 어떻게든 다녀올 수 있을 정도로 증상이 조금 완화된 상태였다. 원래 가던 병원에서는 진료를 안 해줄 게 뻔해서 여기저기 전화를 돌렸는데, 다행히도 맨해튼의 한인 의사가 봐줄 수 있다고 했다. 다른 사람에게 옮기면 안 되니 꼬박꼬박 손 소독제를 사용하고 마스크를 절대 만지거나 벗지 말라고 신신당부했다. 우버가 더 위험할 것 같아서 대중교통에 태워 보냈다. 지하철에도 길에도 사람이 없으니까 가능한 일이었다.

의사는 코로나19에 걸린 것 같다고 하면서, 별다

른 치료제는 없지만 이부프로펜은 좋지 않다며 대신 항생제인 아지트로마이신(지스로맥스)을 처방해주었다. 한국행 비행기가 4월 중순이라고 했으니, 증상이 없어지고 나서 최소 2주 이상 격리한 뒤에 비행기를 타는 것이 좋겠다고도 했다. 진료 확인서도 받아왔다. 약국에서는 증상이 있으면 약국에 들어올 수 없으니 약을 배달해주겠다고 했다. 이틀 정도 기다려야 배달이 올 듯했다.

주문한 체온계가 드디어 도착했는데, 생긴 게 영 미덥지 못했다. P의 체온을 재어보니 다행히 (어느새 기준이 되어버린) 요리용 온도계와 크게 차이나지 않았다. 끝부분이 둥글고 줄기 부분이 말랑한 실리콘으로 처리되어 있어서 혀 아래 온도를 재기 좋게 생긴 게 마음에 들었다. P가 걸어다니기도 하고 열도 약간 내린 것 같아서 해열제 투약 간격을 늘렸다.

기분을 전환할 겸 방울토마토 꿀 절임을 만들었다. 방울토마토 꼭지를 따고 깨끗이 씻은 후 칼집을 냈다. 껍질이 살짝 일어날 정도로만 데쳐서 식힌 다음, 껍질을 싹 벗겨 물기를 제거하고 꿀에 절였다. 냉장고에 뒀다 하나씩 꺼내 먹으면 새콤달콤하고 시원한 것이 이런 디저트가 또 없다. 평소 공산 식품을 좋아하지만, 그래도 손으로 조물락거려서 만든 요리만의 맛이 있다.

그렇게 야금야금 저장해둔 것을 꺼내먹고 귀여운 것을 많이 봤는데도 우울했다. 괜히 눈물이 쏟아져서 P가 병원에 가 있는 동안 손을 좀 바쁘게 만들 요량으로 밀린 일을 좀 처리했다.

그런데 기침과 콧물이 나왔다. 감기에 걸리면 오래 앓아눕는 편인데 2시간쯤 아프다 말아서 알레르기 반응인가 했다. 체온은 정상이었다. 증상을 계속 보기 위해서 항히스타민제나 스테로이드는 먹지 않았다.

4월 8일

집 앞 역에서 지하철에 사람이 치었다는 소식을 접했다. 지난 주에도 비슷한 사고가 있었다. 연이은 사고가 혹시 자살이 아닐까 의심스러웠다.

비행기 티켓을 다시 사야 하는데 며칠째 여행사

직원과의 소통이 수월하지가 않았다. 고객 문의에 질문을 여러 개 남겨도 한 가지 질문에만 계속 같은 답변을 달았다. 답답해져 사무실로 국제 전화를 걸었더니 첫 관문부터 벽에 부딪혔다. 상담원과 통화하고 싶다는 선택지를 골라야 하는데 국제 전화로 걸면 그런 기능을 지원하지 않는 모양이었다. '상담원과 연결' 버튼을 아무리 눌러도 시간이 초과되었으니 다시 선택하라는 안내 음성만 흘러나왔다.

아시아나 항공사 홈페이지에는 변경, 취소 수수료가 모두 무제한 면제라고 나와 있는데, 여행사 상담원은 계속 취소 수수료는 무료지만 변경 수수료는 내야 한다고 주장했다. 작년 11월에 아주 저렴하게 티켓을 샀는데, 그 때문인지 수수료와 변경된 비용으로만 2백만 원 이상을 더 지출할 처지가 되었다. 당장 내일 출발하는 대한항공 티켓은 가격이 1천만 원 이상으로 치솟아 있었다. 우린 단순히 일정을 늦추는 것이니, 성수기 요금 때문에 조금 더 내는 것이리라 생각했다.

여행사에서 직접 아시아나에 확인해보라고 하길래, 미주 전역의 사무실로 하루 종일 전화를 돌렸다. 아무도 받지 않아 대표 번호로 전화를 걸었더니 언제까지 기다리라는 말도 없이 1시간 이상 대기음만 흘러나왔다.

이렇게 해서는 될 일도 안 되겠다 싶어서 한국 고객 센터로 직접 전화를 걸었다. 취소, 변경 모두 수수료 면제가 맞다고 했다. 3분만에 모든 절차가 끝났다. 그냥 멋모르는 사람들에게 수수료라도 등쳐먹으려고 애쓴 걸로 믿어버리고, 여행사에 바로 취소해달라고 했다. 환불에는 최대 8주가 소요된다고 해서 알았다고 했다. 왈가왈부할 기운도 남아 있지 않았다. 4월 말쯤에는 대한항공이 더 저렴해서 대한항공 티켓을 재구매했다.

고기가 두툼한 돈가스에 겨자를 잔뜩 넣은 소스를 찍어 먹고 싶었다. 설탕 때문에 입천장이 따가워질 정도로 눅진눅진한 초코칩 쿠키를 먹고 싶었다. 하지만 집 앞 써브웨이는 아예 문을 닫아버렸다. 초코파이 4박스가 2주만에 짠 하고 사라졌다. 계속 아프고 열이 나는 듯한 착각이 들었다. 오한도 들고 두통이 사라지지 않았다.

즐거운 것이 필요해서 코미디 프로그램 〈더 마블러스 미세스 메이즐〉을 다시 봤는데, 오히려 역효과였다. 스탠딩 코미디는 들을 때만 웃기고, 조금 지나서 이야기의 배경을 생각해보면 슬프거나 화가 나는 것이 더 많아서 그랬다.

P는 계속 마스크를 쓰지 않으려고 들었다. 내가 코로나19에 걸려도 된다는 거냐고 했더니 그건 아니란다. 증상이 좀 나아졌다고 아팠던 기억이 벌써 희미해졌는지, 아니면 정말 코로나19 때문에 지각 능력이 떨어진 건지 좋은 말로 며칠을 설득했는데도 귓등으로도 안 들었다. 이제 열이 내렸으니 나에게 병을 옮길 가능성이 낮다고 생각하는 듯했다. 어제 의사에게 들은 말은 대체 뭐라고 생각하는지 모르겠다. 분명히 내가 또 유난 떨고 있다고 여기는 거겠지.

털이 곤두설 정도로 머리끝까지 화가 났지만 아픈 사람에게 제대로 화를 낼 수도 없었다. 불평할 곳도 없었다. 세상에 내 편이 하나도 없다. 약장에 돌아다니던 항우울제와 항불안제를 꺼내먹기 시작했다. 감정적으로 너무 지쳐서 반복되는 좌절감과 분노 이외에는 더 이상 아무것도 느껴지지 않는다.

4월 9일

브루클린에서 중국인 여성을 대상으로 화학 물질 테러가 일어났다. 집 밖으로 쓰레기를 버리러 나온 39세 여성에게 누군가가 독한 산으로 추정되는 물질을 쏟아부은 것이다. 생명에는 지장이 없지만 심한 화상을 입었다고 했다. 화학적 화상은 후유증이 더 심할 거란 생각을 하자 눈이 저절로 질끈 감겼다. 애초에 집 밖에 나갈 생각도 없었지만 더더욱 나갈 수 없게 되었다. 다른 사람에 대한 두려움은 더 커졌고, 심지어 P도 믿을 수 없었다.

P가 병원에서 처방 받은 아지트로마이신이 마침내 도착했다. 일단 받기는 했는데, 이걸 먹여도 될지 혼란스러웠다. 아무리 자료를 찾아봐도 하이드록시클로로퀸이 주된 연구 대상이라 그런지 아지트로마이신 단독 복용과 관련된 연구 결과는 찾아볼 수 없었다. 세심히 관찰할 수도 없는 환자에게, 알지도 못하는 바이러스 질환을 치료하겠다고 항생제를 처방하는 게 괜찮은 건가? 하이드록시클로로퀸과 아지트로마이신, 아연을 같이 먹으면 좋다는 말이 도니까 그중에 하나라도 먹으면 좋겠다는 생각으로 처

방한 걸까? 나는 안 먹었으면 좋겠다고 했지만 P가 스스로 먹겠다고 나섰다. 약을 넘겨주며 설명서의 부작용 부분을 주의 깊게 읽어보고 혹시 어떤 부작용이 나타날지 모르니 상태를 잘 살펴보라고 했다.

4월 10일

북미 야생 박쥐 연구를 전면 중단하라는 권고가 내려졌다. 박쥐들이 코로나19에 감염될 수도 있기 때문이라고 했다. 중국의 박쥐 관련 병원체 연구를 지원하던 미국 기관들이 지원을 끊기 시작했다는 소리도 들렸다.

P는 열이 내렸고 오한도 사라졌으며 근육통도 줄어들어 전반적으로 꽤 좋아졌다. 대신 기침을 하기 시작했다. 인후통이나 가슴이 갑갑한 증상은 없다고 했다. 무증상으로도 폐 손상이 나타나는 경우가 있다는데, 기침이 계속되니 산소 포화도 측정기가 간절했다. 먹을 것을 가져다 줄 때마다 손톱과 입술 색, 낯빛을 꼼꼼히 살폈다. 뉴욕 한복판에서 효과가 검증되지도 않은 대중 요법밖에 쓸 수 없

다니. 우리의 처지가 너무 우스웠다.

P에게 아지트로마이신의 전형적인 부작용인 설사, 복통 등의 증상이 나타났다. 더 지켜보기로 했다.

그날 저녁부터 새벽까지 P와 큰소리로 다퉜다. 너무 화가 나서 정확히 무슨 말을 했었는지도 잘 기억 나지 않았다. 며칠 동안 마스크를 써달라고 농담처럼도, 조곤조곤하게도 이야기했지만 완전히 무시당했다. 내 의견을 존중하지 않고, 내 안전도 보호하지 않을 것이며, 내 감정도 네게 아무 상관없는 거라면 대체 내가 왜 여기서 이러고 있어야 하느냐고 했던 것만 기억난다. 그때 '별 소리를 다 듣겠네.' 하는 표정으로 나를 쳐다보던 P의 낯설고 기묘한 얼굴이 잊혀지지 않는다.

새벽녘에 도무지 참을 수가 없어서 몸을 강박적으로 문질러 씻었다. 심장이 쿵쾅거렸다. 약간의 소음이라도 생기면 공황 발작을 일으킬 것 같았다. 덥다가도 춥고 춥다가도 더웠다. 식은땀이 다시 나기 시작했다.

4월 11일

밖으로 나갈 수도 없었고, 누군가를 만날 수도 없다. 어떤 것도 만질 수 없었고, 믿을 사람도 기댈 사람도 없다. 잠도 식욕도 완전히 사라졌고 이제는 P가 어떻게 되든 내 알 바 아니었다.

종일 빗소리를 틀어둔 채 방에서 나가지 않았다. 마음이 문드러졌다. 어떤 희망도 상하고 축축해져 검고 신물과 살점을 뚝뚝 흘린다.

4월 12일

가나의 운구자들 영상이 갑자기 유행하기 시작했다. 관을 들고 춤추는 사람들.

수영이 너무 하고 싶다.

암막 커튼을 꼼꼼히 치고, 비타민과 멜라토닌을 꼬박꼬박 먹고, 약도 챙겨 먹고, 물도 적당히 마시고 잤다. 그러다가도 세 시간 남짓 자면 깨었고, 한번 발작하면서 깨어나면 다시 잠들지 못했다. 구역질이 났다. 이탈리아의 비올리스트 파올로 판돌포가 연주한 바흐의 무반주 모음곡을 틀어놓고, 커피를 마시면서 출근 전부터 일을 하던 때도 있었는데. 그게 언젯적인지 생각나지 않는다.

믿음이 배신당한 것 같고 기분이 너무 더러웠다.

P는 어떻게 됐을까? 신경을 써야 할까?

4월 13일

거센 비바람이 몰아쳤다. 덕분에 빗소리를 틀어놓을 필요가 없어졌다.

캐나다 온타리오에는 눈이 온다고 했다.

하루 종일 공황 장애에 시달리다가 목욕을 했더니 조금 나아졌다.

나의 트리거는 소음이다. 다른 집에서 쿵쾅거리는 소리가 나거나 저녁 7시에 사람들이 소리지르며 무언가를 두들길 때마다 죽을 것 같다. 방 안을 가득 채울 만큼 백색 소음을 틀어놓은 뒤 노이즈 캔슬링 이어폰을 끼면 좀

났다. 하지만 이어폰만 껴서는 들어오는 소리를 모두 막을 수 없다. 그래도 울리는 진동은 어쩔 수 없어 숨을 헐떡이면서 몸을 쥐어뜯었다. 이어폰을 끼고 명상 앱을 켜보아도 심장 뛰는 소리가 귀를 꽉 채워서 내 목소리가 잘 들리지 않을 정도였다. 아침 햇살이 창틀에 어른거리면 볕을 좀 쬐고 난 뒤에야 식은땀을 흘리면서 어설픈 잠을 잔다. 그래도 잠에서 깨는 순간 불안해지는 것은 마찬가지다. 계속 잠들어 있고 싶었다. 사망 선고를 기다리는 기분이다.

돌아갈 날은 며칠 남았을까, 나는 언제쯤 열이 날까, 갑자기 돌아가는 비행기 편이 사라지지는 않을까? 생각하지 말아야겠다. 이게 다 무슨 소용인가. 어차피 인간은 다 죽는다.

4월 14일

아르만도 이아누치의 코미디 영화 〈스탈린이 죽었다!〉를 다시 보았다. 재작년에 거의 텅 빈 영화관에서 혼자 킬킬거리며 봤던 영화였다. 스티브 부세미가 니키타

흐루쇼프로 나왔기 때문에 봤는데, 아주 진한 영국 맛 코미디였다. 아무도 과장된 러시아 억양의 영어를 하지 않고 제각각 본인이 가진 억양으로 떠드는데 이쪽이 훨씬 자연스럽다.

보통 영상을 보는 시간 이외에는 '과학과 사람들'의 팟캐스트 〈과학하고 앉아있네〉를 하염없이 듣는다. 아침이 되면 커튼을 걷고 맨몸으로 볕을 쬔다. 피부가 따끈따끈하게 달아오르면 구워지고 있는 생선처럼 몸을 뒤집었다. 기분이 잠시라도 나아질 수 있는 방법이라면 모두 시도하고 있다. 한국에 돌아갈 때까지 어떻게 버티지? 마지막에 와서 이렇게 힘들어질 줄은 몰랐다.

4월 15일

한국의 21대 국회의원 선거일. 재외 선거인 등록을 했지만, 월초에 재외국민 선거가 전면 취소되면서 투표를 할 수 없었다.

계속 이렇게 살 수는 없어서 일단 P와 화해했다.

한국에 도착하면 마음이 어떨지 모르겠다.

4월 16일

2014년 4월 16일에는 한동안 일 없이 쉬다가 다음 주부터 새 회사로 출근하기로 해서, 쉬는 날이 얼마 남지 않았다는 생각에 황급히 춘천으로 떠났었다. 사진으로만 보던 선배네 야옹이와 만나기 위해서였다. 소양강 댐에 가는 길에 라디오에서 세월호 침몰 속보와 전원 구조 속보가 연달아 나왔다.

'전원 구조라니 다행이다.'

별일 아니겠거니 싶어 휴대폰 한번 쳐다보지 않고 선배와 잘 놀았다. 남춘천역 근방에서 저녁을 먹고 선배와 헤어졌다. 기차를 타고 서울로 돌아가며 뉴스를 보는데 모든 것이 엉망진창이었다. 등골이 서늘해졌다. 집에 가니 당시 같이 살던 친구가 뉴스를 보며 담요를 뒤집어쓰고 울고 있었다. 나도, 고양이들도 함께 울었다.

같은 이야기를 매년 다시 쓰고 있다. 잊어버리기

않기 위해서.

장보기를 제외하고는 한 달 만에 집에서 나왔다. 아주 오랜만에 산책을 했다. 볕은 따스했지만 여전히 바람은 차가웠다. 오래도록 걷다가 동네 운동장에 있는 벤치에 가서 길게 누웠다. 거리엔 배달부들이 마스크 대용으로 손수건을 입가에 두른 채 겁에 질려 있었다. 하지만 유유자적하게 돌아다니는 백인들은 유모차를 미는 부모도, 유모차에 탄 아이도 모두 마스크를 쓰지 않았다.

이젠 이런 생각을 하는 것조차 지겨웠다. 고개를 드니 잎사귀 하나 없는 마른 가지 끝에 초록이 맺혀 있었다. 눈을 감고 볕을 즐기기로 했다. 문득 붕어빵이 먹고 싶어졌다.

집에 돌아오니 볕 쬐던 장소에서 두 블록 떨어진 은행이 강도당한 것을 알게 되었다. 용의자는 백인 여자로, 칼을 들고 은행원을 위협했다고 한다. 지폐 사이의 염색 물감 팩이 터져서 손과 옷이 벌겋게 물든 상태로 도망치는 중이라고 했다. 오후 내내 헬리콥터 소리가 났다. 이 은행은 그 주 월요일에도 털렸다고 한다. 마스크 쓰라고 했더니 고작 하는 짓이 강도 짓인가. 그런 소식을 보면서 며칠 만에 겨우 식사를 했다. 구역질이 났다.

4월 17일

전 세계적으로 수많은 항공편이 취소되었다. 대한항공과 아시아나의 항공편도 절반 이상이 취소되었다. 다행히 새로 산 티켓은 감편 대상이 아니었다. 비행기가 뜨는 것만이 여기서 탈출할 유일한 방법이었다.

다시 운동을 시작했다. 비록 방에서 혼자 하는 것이었지만 구독하던 요가 앱이 필라테스까지 지원하기 시작해서 다양한 운동을 할 수 있었다.

P는 기침 이외에 별다른 증상은 없었다. 기침 소리 이외에 다른 소리가 들리지는 않았지만, 혹시라도 호흡이 짧아지거나 숨을 쉴 때 휘파람 소리가 들리지 않을까 신경이 곤두서 있다. 진통제는 거의 끊었고 따뜻한 차를 계속 마시게 했다.

P는 다행히 고분고분히 마스크를 잘 쓰기 시작

했다. 화를 내는 걸 주저하지는 않지만, 화가 나는 상황이 싫다.

4월 18일

P의 열은 완전히 사라졌다. 근육통 역시 사라졌지만, 힘이 하나도 없다고 했다. 기침이 잦지 않은 대신에 가래가 좀 끼는 모양이었다. 소금과 탄산수소나트륨을 1대 1 비율로 탄 따뜻한 물로 가글을 시켰다.

나 역시 불안한 마음이 약만으로는 좋아지지 않는 것 같아 약 5.6킬로그램 정도 되는 무거운 이불을 샀다. 이불을 덮고 있을 때는 별 효과가 없는 것 같다가도, 이불을 치우면 약간 불안해졌다. 이불의 도움을 받는 것 말고도 밤마다 안정제와 멜라토닌을 먹었으며 요가 니드라 명상도 꾸준히 했다.

잠드는 데 특별한 문제는 없었다. 중간에 몇 시간 못자고 깨는 일은 아직도 많았지만, 이불 무게 덕분인지 안심하고 다시 잠들 수 있었다. 잠을 자면서 자세를 많이 바꾸는 편인데 무거운 이불을 사용하니 덜 뒤척이고 비교적 정자세로 오래 자게 되어서 목도 덜 아팠다.

이 이불의 단점이 있다면 발이 갑갑하다는 것이다. 나는 잘 때 발이 예민한 편이라 한번 발을 신경쓰기 시작하면 밤을 새는 경우도 있다. 무거운 이불로 발을 덮자니 갑갑하고, 그냥 발을 빼고 자자니 발이 시려서 발에만 다른 이불을 덮어야 했다. 올해 봄은 이상하게 추워서 아직까지 괜찮지만, 더 더워지면 어떨지 모르겠다.

또 다른 단점은 세탁이 불가능하다는 점이다. 그래서 아예 세탁 가능한 커버 두 종류를 사은품으로 주는 이불로 샀다. 그런데 커버를 씌워보니 이불이 워낙 무거워서 커버가 잘 고정이 안 되었다. 세탁 가능한 제품을 보기는 했는데, 세탁기에 넣고 돌리다가 터지면 어떻게 될지 상상하기도 싫어서 그냥 지금 산 이불을 깨끗히 쓰는게 나을 것 같다.

4월 19일

한인 단톡방에서 뉴욕 무료 급식을 먹어봤다는 사람들이 나왔다. "한입 먹고 뱉었다" "맛 없어서 버렸다" "이걸 어떻게 먹냐"는 반응이었다. 수준이 나쁘니 개선해야 한다고 주장하면 모를까, 심심해서 무료 급식 타다 먹었는데 별로였다는 식의 반응을 보이는 사람들을 보며 '참 이기적이구나' 싶었다.

영국 드라마 〈패트릭 멜로즈〉를 봤다. 인상적이었지만, 이제 약쟁이들이 나오는 영상은 그만 봐야겠다. 스스로를 망가뜨리는 사람들에게는 공통적인 패턴이 있는데, 그걸 보는 것이 별로 즐겁지 않다.

4월 20일

애들은 학교도 못 가는데 유흥업소는 열어두어야 한단다. 나라 꼴이 아주 잘 돌아간다.

며칠 전부터 P는 밥을 제대로 먹지 못했다. 입이

쓰고 식욕이 없어도 너무 없다며 혹시 미각과 후각이 둔해진 것 아니냐는 말을 하길래, 코 밑에 아이소프로필 알코올을 가져다 대주었다. 확실히 알코올 냄새가 난다고 했다. 그냥 감기에 걸려도 그럴 수 있으며 이 증상이 심각한 증후는 아니니 걱정하지 말자고, 깨끗이 나아서 원래 컨디션으로 돌아가는 데 신경 쓰자고 했다.

P는 아프고 난 이후로 몸무게가 4킬로그램 넘게 빠졌다. 제대로 먹지 못하는 동안 몸이 열을 내는 데 근육을 다 써버렸다 보다.

산소 포화도는 정상인지, 숨을 제대로 쉬고 있는 건지 걱정되었지만 알 방법이 없다. 혹시 걸어다니면 알 수 있을까 싶어서, P에게 방 안을 이리저리 걸어보라고 했는데 곧잘 걸었다. 하지만 다리가 눈 뜨고 볼 수 없을 만큼 가늘어져 있었다. 허벅지 살이 완전히 빠져서 다리 사이가 휑했다.

죽이 질린다고 해서 파스타를 할까 했는데 마늘이 없었다. 남은 다진 고기와 마늘 파우더, 허브 파우더로 어떻게든 라구 파스타를 해줬더니 고기가 물려서 못 먹겠다고 했다. 좀 더 P의 입맛에 맞을 음식을 해보려고 해도 재료가 없었다. 사실 나도 내가 만든 음식에 질렸다.

이러지 말고 먹고 싶은 게 있으면 시켜먹자고 마음먹었지만, 웬만한 가게들이 다 문을 닫아서 마땅히 시킬 곳도 없었다. 365일 24시간 같은 자리를 지켜왔던 할랄 카트조차 오지 않는다. 고수와 비트 조각을 잔뜩 올린 타코가 먹고 싶었는데, 동네 멕시칸 음식점이 문을 닫은 게 가장 아쉬웠다. 아쉬운 대로 보스턴 마켓의 닭고기와 미트로프를 배달받아 먹었다. 늘 그랬지만 오늘따라 유독 야채가 물러서 기분이 별로였다.

4월 21일

P가 아픈 이후 처음으로 함께 산책을 나갔다. 날씨가 말할 수 없을 정도로 좋았다. 차가 거의 다니지 않는 도로 위에 사람들이 잔뜩 나와 있었다. 일부러 피할 정도는 아니었지만 딱 봐도 꽤 많았다. 마스크는 반쯤만 쓰고 있었다.

허위허위 걷다가 주택이 거의 없어지는 지역까지

갔더니 길에서 퍼스널 트레이닝을 하는 사람들이 보였다. 매트, 케틀 벨, 웨이트 바 등을 잔뜩 펼쳐놓고 운동을 하고 있었다.

굳게 잠긴 주차장의 얼기설기한 쇠 울타리 사이로, 남의 차 위에서 낮잠을 즐기고 있는 고양이도 만났다. 볼이 통통하니 얼굴이 큼직한, 턱시도를 입은 고양이었다. 우리 동네는 길고양이가 많지 않기 때문에 고양이를 만나면 적당히 대화가 통하는 척하는 인간들보다 더 반가웠다.

한가한 고양이를 만나니 사태가 심각한 엘머스트의 길고양이들이 잘 살고 있을지 걱정되었다. 그 동네는 개를 키우는 사람들이 별로 없어서 그런지 길고양이가 정말 많다. 길 생활이 힘든 탓인지 어딘가 아픈 고양이들을 볼 때마다 마음이 아팠다. 고양이들이 뭔가 먹고는 있을지, 안전하게 물을 마실 수는 있을지 계속 신경이 쓰였다.

배달 음식을 정말 많이 시켜먹고 있다. 짧은 시간 내에 비대면 배달이 자리잡았다. 문 앞에 음식을 놓고 문을 두들긴 뒤 배달원은 사라진다. 배달원이 사라진 것을 확인하고 나면, 마스크를 쓰고 나가 음식을 집 안으로 들여와서 포장을 해체한다. 포장 봉투들을 정리하고 나면 음식 용기의 겉면을 모두 알코올로 닦은 후, 용기를 열고 새 접시로 음식을 옮긴다. 그 후 손과 포장 봉투가 닿았던 모든 것을 소독하고, 마스크를 벗은 뒤 손을 벅벅 씻는다. 그러고 나서야 식사를 시작할 수가 있다.

P는 3주간 붙어 있었던 그 자리에서 식사를 하고, 나는 멀찍이 문지방에 앉아서 밥을 먹었다. 그간 너무 오랫동안 말을 할 수 없어서 그랬는지 우리 둘은 말문이 터진 아이들처럼 한참을 떠들었다. 여전히 P를 만질 수 없었다.

4월 22일

헝가리식 스튜인 굴라쉬를 끓였다. 냉동고에 남아 있던 마지막 스테이크 한 덩이를 쓰고, 감자와 토마토를 잔뜩 넣어 한 솥 가득 끓였다. 파프리카를 불 위에 올려 겉면을 새카맣게 태운 뒤에, 식혀서 검댕과 씨를 제거해 믹서기에 갈아서 냄비에 덜어넣는다. 그리고 그때그때 넣고 싶은 향신료도 볶아 넣으면 된다. 이번에는 고수 씨와

펜넬(회향), 파프리카 파우더를 넣었다.

처음에는 일반적인 레시피에서 많이 보이는 훈제 파프리카 파우더로 만들었는데, 들척지근하고 매운데다가 도무지 이 맛도 저 맛도 아니었다. 헝가리 산 파프리카 파우더까지 사서 넣어보아도 제 맛이 안 났다. 조미료 탓인가 해서 MSG를 넣어보기도 했는데, 나중에야 겉을 직화로 태운 파프리카를 넣으니 맛이 제대로 난다는 걸 알았다.

냉동실에 얼려 두었던 치아바타도 구워서 함께 먹었다. P는 빵도 더 달라고 하고, 굴라쉬를 두 그릇이나 먹어서 식욕이 완전히 돌아왔음을 증명했다. 사흘은 갈 줄 알았는데 이 기세로는 내일이면 다 먹을 것 같다.

나는 며칠 굶었더니 먹는 양이 반으로 줄어서 뭘 먹어도 깨작깨작이다. P가 많이 먹는 건 기쁘고 좋은 일인데, 매일매일 뭘 먹나 고민하는 것이 고통이다.

4월 23일

드디어 전설의 컬트 영화 〈위커 맨〉을 보았다. 상

영 소식을 듣고 예매를 해 두었는데, 코로나19로 모든 시설이 폐쇄되면서 예약이 자동 취소되었다. 아쉬워하던 중 넷플릭스에 업로드된 것을 발견해서 홀로 감상회를 가졌다.

원래 이런 종류의 영화가 존재하는지도 모르다가, 작년에 〈미드소마〉를 보고 새로운 장르에 눈을 떴다. 뉴 호러 무브먼트를 자세히 탐구할 시간도 없었지만, 사실 장르라고 하기엔 이런 류의 영화가 몇 편 존재하지 않는 것 같다.

여튼 〈미드소마〉를 보고 흠뻑 빠져서 감독판 상영까지 찾아가서 보고, 감독의 전작인 〈유전〉도 보았다. 그 후 비슷하지만 다른 쪽으로 유명한 로버트 에거스 감독의 〈더 위치〉와 〈라이트하우스〉로 대표되는 미국 고딕 호러를 지나 〈위커 맨〉을 보는 데 까지 이른 것이다. 아쉽게도 조던 필 감독의 〈겟 아웃〉과 〈어스〉는 아직 보지 못했다.

한동안 가래가 껴서 괴로워하던 P의 기침도 많이 줄었다. 꾸준히 가글을 하고 따뜻한 차를 마신 덕분이라고 생각하고 싶다. 열도 기침도 거의 사라졌지만 폐를 부풀리고 숨을 참으면 가슴 한복판이 따끔따끔하고 힘이 든다고 한다.

무사히 한국에 갈 수만 있으면 좋겠다. 지금 가장 두려운 것은 비행기 탑승 전에 발열 체크를 통과하지 못하는 것이다.

4월 24일

떠날 날이 며칠 앞으로 다가와서 냉장고를 열심히 파먹었다. 남은 재료가 거의 없어서 선택지가 별로 없었다. 얼마 남지 않은 고추장을 바닥까지 박박 긁어모아서 떡볶이를 만들었다. 백종원 선생님의 레시피를 참조했는데, 진짜 고추장과 파 이외에 넣는 게 특별히 없는데도 사 먹는 맛이 났다. 하지만 어묵이 충격적으로 맛이 없어서 슬펐다.

뭔가 만들 기분이 안 나면 배달시켜 먹었다. 쌓여 가는 플라스틱 포장 용기를 보며 게으름에 대한 일말의 죄책감이 스쳤지만, 거기까지 신경 쓰기엔 심적으로 너무 지쳐 있었다.

4월 25일

한국에 환자가 모자라서 임상 시험을 못 하고 있다는 소식이 들려왔다. 환자는 넘쳐나는데 약을 구하지 못해 항말라리아제와 살균제 사이에서 방황하는 미국인들이 이 이야기를 들으면 얼마나 어이가 없을까.

나도 기운이 없고 P도 거의 낫긴 했지만 신체적으로 이미 많이 닳아 있어서, 줄곧 먹고 눕기만 하는 생활을 반복했다. 출국이 이틀 남은 오늘에서야 집을 정리하고 짐을 싸기 시작했다. 한국에 가져갈 물건에 P가 손을 대는 건 좋은 생각이 아닌 것 같아 짐은 내가 싸고, 집안 정리와 청소를 P가 맡았다.

4월 26일 | 귀국 전야

스비아토슬라프 리흐테르가 연주한 슈베르트의 〈방랑자 환상곡〉을 들으며 짐 싸기를 마무리했다. 냉장고를 비우고 쓰레기를 버렸다. 마지막 정리와 청소를 끝내고 이제는 없으면 불안한 마스크, 손 소독제, 소독용 알코올을 기내용 사이즈로 모두 챙겼다. 아이소프로필 알코올은 인화 물질이라 못 들고 갈까 봐 걱정스러웠는데, 적당한 양은 괜찮다고 했다. 새벽 2시가 넘어 마침내 모든 일이 끝났다.

눈을 붙이기 전에 잠시나마 팟캐스트를 들으면서 쉬려고 했는데 갑자기 미열과 함께 심각한 두통이 느껴졌다. 체온계로 열을 재보니 40.9도가 나왔다. 아니, 열이 이렇게 나면 걸어다닐 수가 없는데? 깜짝 놀라서 체온계를 뜯어보니 소독한다고 난리치는 동안 수분이 들어가서 노출된 회로에 묻어 있었다. 수분을 제거하고 다시 재니까 36.0도가 나왔다. 너무 낮은 듯싶어 또다시 쟀다. 잴 때마다 체온이 계속 다르게 나왔다. 그새 고장난 건가?

뭐, 이젠 더 생각하고 싶지도 않았다. 내일 체온이 정상이면 계획대로 집에 가는 것이고, 열이 있어서 못 타면 망한 거니까 그때부터 생각하기로 했다. 이젠 아무렴 어떻겠냐는 생각으로 P를 꼭 껴안았다. 한 달 만이었다.

이 병은 사람과 사람 사이를 떼어 놓는다. 누군가를 만질 수도 없고 가까이 갈 수도 없다. 모든 질병이 그렇긴 하지만, 치료제가 없는 새로운 질병이 유행하니 새삼스레 이런저런 생각이 뼛속 깊이 와닿았다. 사람을 그렇게 많이 만나지도, 만지지도 않는 내가 사람의 온기와 피부의 촉감을 이렇게까지 그리워 할 줄은 몰랐다.

물론 마스크를 쓰고 있었고, 안고 나선 바로 샤워를 하긴 했지만 말이다.

4월 27일 | 귀국

P의 입시도 끝날 때쯤이겠다, 한국에 돌아가면 넉넉하게 지내다 올 요량으로 2019년 11월경 다음 해 4월 중순에 출발하는 왕복 티켓을 구해뒀었다.

뉴욕에서 코로나19 유행이 시작된 3월 초, 재택 의무화 명령이 내려진 이후 학교들이 문을 닫으며 강의가 모두 온라인 수업으로 전환되었다. 대부분의 학교에서 외국인 학생들이 자국에 바로 돌아갈 수 있도록 배려를 해준 반면 P가 등록한 학교에서는 고국에 돌아가도 되지만, 봉쇄가 해제되고 다시 대면 수업을 진행하게 될 경우 재입국

해서 수업에 참여하지 않으면 비자에 문제가 생길 수 있다고만 공지했다. 재차 문의해도 그 이상의 정보는 주지 않았다.

늘어나기 시작한 귀국 수요로 항공편 가격은 천정부지로 솟고 있었고, 학교는 다시 문을 열 가능성이 거의 없어 보였다. 하지만 체류 자격 문제는 워낙 까다로운 부분이라, 다시 학교로 돌아오기 위해서는 미 국무부와 입국 심사관의 기준에 문제가 될 만한 상황을 만들지 않는 게 제일 중요했다. 그래서 수시로 항공편 가격을 체크하면서도 일정 변경을 하지 못했다. 결국 P가 코로나19(로 추정되는 어떤 질병)에 걸리면서 제때 비행기를 탈 수 없게 되었고, 귀국 날짜를 예정보다 열흘 정도 뒤로 미뤘다.

약속된 비행의 날, 마침내 우버를 타고 도착한 존 F. 케네디 국제공항 1터미널은 그 어느 때보다 한산했다. 부패할 수 있는 모든 음식물을 전날 치우고 나왔기 때문에 아침도 굶은 상태였다. 공항 맥도날드에서 첫 끼니를 해결했다. 직원들은 누군가 가까이 다가오거나 하면 꽤 날카로운 반응을 보였다. 물론 여기에도 마스크를 쓰지 않은 백인들이 있었다.

주문한 햄버거가 나오길 기다리는 동안 주변을 둘러보았다. 항공편 일정 안내 전광판에 취소 물결이 펼쳐지고 있었다. 모든 터미널이 다 그랬는지는 모르겠지만, 그날 1터미널에 도착하기로 한 비행기는 인천발 대한항공과 파리, 로마발 에어프랑스 세 편뿐이었다. 그마저도 나머지 두 편은 무슨 문제인지는 모르지만 결국 결항되었고, 그날 존 F. 케네디 1터미널에서 이륙한 비행기는 인천행 대한항공 여객기 단 한 대였다.

공항에 갈 때 대부분 차가 막혔기에 이번에도 여유롭게 도착하도록 일찍 출발했다. 그런데 출근 시간이었는데도 고속 도로에 차가 하나도 없어서 출발 2시간 반 전에 도착해버렸다.

대한항공 카운터에서 의사소통이 잘 되지 않아 카운터로 가까이 다가가자 마스크에 페이스 쉴드, 간이 방호복까지 걸친 채로 카운터를 지키던 직원이 굉장히 날카롭게 반응했다. 충분히 이해할 수 있었다. 전 세계에서 손꼽는 핫 스팟이지만 코로나19 검사는 제때 받을 수 없는 이곳에 왔다가 열이라도 나면 집에 돌아갈 수 없게 되어버리니까.

평소에는 한국을 오갈 때 온갖 짐을 다 싸들고 다니지만, 올해는 위탁 수화물도 기내 수화물도 최소한으로 줄였다. 그래도 커다란 가방 4개와 기내 캐리어 2개, 백팩 2개가 나왔다. 후루룩 짐을 부쳐버리고 면세 구역에서 쉬려고 보안 검색대에 섰는데 역시나 줄이 없었다. 아니, 그냥 사람이 아예 없었다. 보통은 보안 검색대에서만 최소 30분에서 1시간가량 소모하기 때문에 공항에 일찍 온 것인데, 텅 빈 대기 구역을 보자 역시 너무 일찍 왔다 싶었다.

미국 교통안전청 요원들이 깐깐하게 굴기도 했고, 사진가인 P의 물건 중에는 필름 같은 것이 많아서 보안 검색대 통과에 시간이 많이 걸렸다. 항상 그렇긴 했지만. 보안 검색 구역에 사람이 많았을 때는 순서가 밀려서 보안 요원들이 장비와 필름을 모두 검색할 때까지 꽤 오래 기다려야 하기도 했다.

엑스레이를 통과하면 안 되거나, 내부를 뜯어볼 수 없는 물건들(주로 필름)은 끝이 넓적한 작은 막대기 같은 것으로 표면을 문지르는데, 도대체 뭘 검사하는지 궁금해서 물어본 적이 있다. 폭발물 탐지 장치라고 한다. 아마

화약 잔여물 등을 탐지하는 장비인 것 같다.

직원들은 많은데 사람은 없어서 빨리 끝날 거라고 기대했는데, 검사를 꼼꼼히 하는 것인지 평소와 똑같은 속도로 끝이 났다. 카메라와 필름, 가방 안의 노트북과 전자기기까지 온갖 물건을 다 꺼내놓은 탓에 다시 챙기는 데 시간이 꽤 걸렸다.

정신없이 부려놓은 짐을 다 수습하고 면세 구역을 둘러보려 하니 면세점의 음식점과 단독 매장이 전부 닫혀 있었다. 종합 면세점 하나만 열려 있었고, 직원은 단 한 사람뿐이었다. 시간도 한참 남았고, 빈손으로 가기엔 아쉬워서 열려 있는 곳에서 선물을 조금 챙겼다. 나머지 시간은 보안 요원과 매장 직원의 손이 닿았던 물건들을 모두 알코올로 꼼꼼히 닦으며 보냈다.

탑승 게이트가 열릴 시간이 되자 텅 빈 줄 알았던 공항에 사람이 꽤 모여들었다. 타기 직전에는 체온을 쟀다. 다행히 탑승을 거부당한 승객은 없는 듯했다. 자리를 찾고 주변을 둘러보니 사람들이 듬성듬성 앉아 있었다. 이미 급하게 오갈 사람은 진작 다 돌아갔을 테다.

보통은 탑승하고 활주로에서 대기하는 시간이

30분 이상이지만, 오늘은 곧장 이륙했다. 눈을 감고 있는 사이에 뉴욕이 발아래로 멀어지는 것이 느껴졌다. 롱아일랜드 위를 지나 코네티컷 방향으로 해안을 따라 비행기가 선회하는데, 어둑한 구름들이 코네티컷 해안선 위로 진을 치고 있었다. 정말로 떠나고 있었다.

6장

2020년 5월

들어가기 앞서

입국 당시에는 기록으로 남길 생각이 없었기 때문에, 지금 적는 것들이 정확한 정보와 순서라고는 하기는 어렵다. 아마 몇 가지는 틀렸고, 꽤 여러 부분이 추측일 것이며 순서도 어느 정도 뒤바뀌어 있을 수 있다. 그러니 인천 공항의 특별 입국 절차와 문진 및 검사, 시설 격리, 자가 격리와 같은 일련의 과정을 큰 틀에서 이해하는 정도로 이 장을 읽어주시면 좋겠다. 또한 이 장에는 실제로 돌아와서 가장 많이 받은 질문들에 대한 나름의 답이 모두 기록 되어 있다.

귀국

4월 27일 | 뉴욕

비행기를 탈 때 여분의 마스크와 70퍼센트짜리 소독용 아이소프로필 알코올 스프레이를 들고 탔다. P에게 별다른 증상이 나타나지 않은 지 2주가 지났지만, 아직 전염력을 가지고 있을 수도 있었다. 또 비행 중에 누군가 감염되었다는 직접적인 사례는 본 적 없었지만, 도착 후 자가 격리를 하다가 확진된 사람들이 어디서 옮았을지 알 수 없는 것이기에 집에서와 같은 수준의 조치를 취하기로 했다.

나 역시 코로나19 검사를 하지 못했기 때문에 무

증상일 확률이 있었고, 반대로 다른 사람이나 P에게 옮을 수도 있다는 생각에 바짝 긴장했다. 화장실을 가기 전과 후에 손 소독제를 쓰고, 나오기 전에 접촉했던 모든 것을 소독했다. 승무원과의 대면을 최소로 하고 식사 시간 이외에는 마스크를 절대 벗지 않았다. 다행히도 이전에 귀국할 수 있는 학생들은 미리 귀국한 상태였고, 여행자들도 거의 없었기 때문에 비행기는 거의 비다시피 한 상태였다.

이륙 후 마침내 찾아온 약간의 안도감에, 안전 벨트 표시등이 꺼지자 일어나서 기지개도 켜고 화장실도 갈 겸 자리에서 일어났다. 그런데 모든 승객들이 누워 있었다. 너무 우스워서 P와 함께 주변을 돌아보니 사람들이 다들 세 자리씩 차지하고 있었다. 내 옆 좌석들도 비어 있어서 누울까 고민하다가 결국 마음을 내려놓고 자리를 차지하고 누웠다. P는 멀리 떼어놓은 채로.

새로 사서 가져온 방석과 허리 쿠션이 베개 대용으로 훌륭히 제 몫을 했다. 최적이라고 할 순 없지만 12시간 동안 앉아 있는 것보다는 나았다. 노이즈 캔슬링 이어폰을 끼고 영화도 보고, 음악을 듣다 졸기도 하고, 식사도 꼬박꼬박 다 챙겨 먹고(물론 식판을 수거해 가기 전에 알코올로 소독하는 것을 잊지 않았다), 꼬박꼬박 양치도 하고, 화장실을 쓸 때마다 소독하는 등 온갖 유난을 떨며 한국에 무사히 도착했다.

4월 28일 | 인천 공항

앞으로 또 어떤 일들이 닥칠지 몰라 온갖 상상을 하느라 쪽잠도 제대로 자지 못한 채 한국에 도착했다. 바퀴가 땅에 닿을 때야 비로소 귀환했다는 생각에 조금 더 안심할 수 있었다. 아직도 그때의 부드러운 안도감과 기쁨을 잊을 수 없다.

예상 도착 시간보다 1시간 정도 일찍 도착했다. 뉴욕 공항의 상황보다는 나았지만 예상했던 대로 인천 공항도 평소에 비해 한산했다. 같은 시간에 출발했던 아시아나 항공편은 아직 도착하지 않았다.

비행기 착륙 직전, 승무원들이 나누어 준 건강 상태 질문서를 작성했다. 증상이 사라진 이후 2주 간 추가로 격리를 했기 때문에 엄밀하게 말하면 14일 내 증상이 있었다 하기는 어려웠지만, 분명히 코로나19에 걸렸었다는 생각이 들어 세세히 작성했다. P의 최초 증상 발현일과 구체적인 증상을 적고, 나 역시 4월 내내 간헐적으로 두통에 시달렸기 때문에 증상을 써냈다.

통상적인 순서대로라면 비행기에서 내린 후에 입국 심사를 하고 짐을 찾았겠지만, 이번에는 먼저 '자가 격리자 안전 보호' 앱과 '자가 진단' 앱을 설치했다. 전자는 자가 격리 위반을 탐지하기 위함이고, 후자는 증상 발현이나 검사 대상자를 골라내기 위한 것인 듯했다. 한국 내 연락처 및 자가 격리 장소 그리고 건강 상태 질문서를 확인받은 후, 보통의 입국 절차를 밟는 사람들과 분리되어 코로나19 검사 대상자를 솎아내기 위한 줄에 섰다.

약간의 기다림 후에 담당 의료진을 만났다. 14일 이내 유증상자 및 검사 대상자를 거르는 줄이었기 때문에 14일 내에 증상이 있었다고 하면 바로 검사를 받을 수 있었다.

전신 방호복을 입은 의사는 말하기도 힘들어 보일 정도로 지쳐보였다. 달력 앱을 열어 증상이 나타난 날짜를 정확하게 알려주려고 하니, 환자 선별을 하는 것이기 때문에 자세한 이야기는 할 필요가 없다고 말을 잘랐다. 14일 내에 증상이 있었던 것만 확실하면 된다고 했다.

앞에서 언급했다시피 엄격하게 따지자면 증상이 없는 것이었지만, 미국에서 현지 의사 소견이 있었다고 밝히자 바로 검사를 받기로 결정되었다. 의심 환자의 동거인도 자동적으로 검사 대상이 되는지 나도 함께 검사를 받게 되었다.

검사 대상자로 선별된 후에는 육군 수도군단검역지원단의 인솔을 받았다. 입국 등의 전산 처리를 위해서인지 내·외국인 가릴 것 없이 여권을 모두 수거해갔다. 절반 정도는 유학생처럼 보이는 20대였고, 나머지 대부분은 한국인이었다. 눈에 띄는 외국인 부녀가 있었는데, 초등학생으로 추측되는 딸이 아픈 모양이었다. 아이는 기운이 없는지 낯선 환경인데도 불평도 없이 가만히 있었다.

검사 대상자로 지정된 사람들과 함께 근처의 다른 게이트로 이동한 후, 순서를 기다리다가 두어 명씩 짝지어 인솔자를 따라 엘리베이터를 타고 내려갔다. 차례대로 공항 외부 컨테이너에 설치된 검사소에서 검사를 받았다. 컨테이너는 부스식으로 입구가 나뉘어 있었고, 안에는 손바닥만한 작은 문이 달린 투명 아크릴 벽으로 가려진 방이 있었다. 벽 반대편은 뚫려 있어서, 검체 채취자가 칸마다 돌아가면서 검체를 채취할 수 있었다. 검체를 채취한 뒤 검사 대상자가 나가면, 관계자가 들어와서 내부를 소독하고 다음 사람이 들어오는 구조였다.

검체를 채취할 때의 느낌은 예상보다 덜 이상했다. 혹자는 뇌 벽을 긁는 느낌이라고 하던데, 그보단 코 깊숙이 이물질이 들어가서 재채기를 참을 수 없을 때의 느낌과 약간의 통증이 합쳐진 느낌이었다. 바닷물이 코에 들어간 느낌과도 비슷했다.

다만 눈물이 엄청 났다. 또 기침이 자꾸 나려고 했다. 면봉을 들고 있는 사람이 정면에 서 있었기 때문에 혼신의 힘을 다해 기침을 참았지만, 면봉을 빼고 난 직후에 고개를 돌리자마자 재채기와 기침이 쏟아졌다.

각도를 잘 맞추면 비갑개를 건드리지 않고 무리 없이 채취를 할 수 있다지만, 검체 채취용 쪽문이 팔꿈치를 직각으로 구부린 손 높이에 달려 있었다. 게다가 의자도 없이 스쿼트 자세로 대기해야 해서 각도를 제대로 맞출 수가 없었다. "움직이지 마세요"라는 채취 담당자의 주문에 "다리가 아파서 이렇게 못 서 있겠어요"라는 말이 절로 나왔다. 게다가 담당자가 턱을 들어올리라고 한 뒤 면봉을 빠르고 크게 돌린 탓에 면봉대 부분이 코 내벽을 많이 건드렸다. 아무래도 공항 검역에서 실수가 있으면 문제가 커지므로 더 잘 채취하기 위해 신경을 쓰다 보니 어쩔 수 없는 것 같았다. 의사들 말로는 의사의 전공 분야에 따라서 고통을 주는 정도가 다른 것 같단다.

검사를 마치고 나오자, 육군 검역지원단의 인솔자가 우리가 쓰고 있던 덴탈 마스크를 버리라고 하며 이전에 나누어준 N95 마스크를 쓰게 했다. 노란 고무줄을 뒤통수에 두르는 방식의 마스크로, 필터 가장자리가 단단하여 얼굴에 밀착되었다. 숨이 약간 갑갑해졌다. 천천히 걸어다니거나 약간의 말을 하는 데는 크게 문제가 없었지만, 오래 말하면 금방 지쳤다. 그래도 코로 숨을 쉬는 데다가 날이 춥고 건조해서 땀이 차지는 않았다. 기침은 계속 나왔다.

인솔자를 따라 위탁 수화물 찾는 곳으로 갔다. 4시 즈음에 도착했는데 모든 과정이 끝나니 8시가 되어 있었다. 날씨가 추운데도 외투를 입지 못한 채 검사를 기다린 탓인지 신기하게도 무시무시한 허기와 입맛이 없어서 아무것도 먹고 싶지 않은 기분이 동시에 몰려들었다.

위탁 수화물 찾는 곳은 다른 비행기에서 내린 사람들로 북적여서 약간 오싹해졌다. 짐 일부가 다른 곳으로 가 있어서 꽤 멀리 떨어진 다른 수화물 창구로 짐을 찾으러 가야 했던 사람들도 있었다.

짐을 들고 인솔자를 따라 줄지어 출구로 나가는 길에도 관련 없는 사람들이 우리 사이를 지나다녔다. 검사를 받은 모두가 N95 마스크를 쓰고 있었으니 아마 이 정도의 접촉으로 감염된 사람은 없겠지만, 그래도 이동 경로를 확실하게 분리하면 더 좋았겠다는 생각이 들었다.

소방청 소속의 버스를 타고 인천공항 1터미널 앞에 있는 비즈니스 호텔로 이동했다. 어딜 가서 뭘 어떻게 할 것이라는 전체적인 일정 안내가 없어서 기약없이 기다려야 했지만, 전신 방호복과 N95 마스크를 착용하고 종일 일을 하고 있는 분들도 계시니 불평할 수가 없었다. 같은 버스를 탄 젊은 유학생들은 방을 같이 쓸 수 있느냐, 자가 격리를 하게 되면 어떻게 되느냐, 큰 집을 빌려서 같이 자가 격리하면 안 되느냐 묻고, 캠핑 온 기분 같다며 웃고 떠들었다. 잠이 부족한 탓인지 다른 이유인지 머리가 먹먹했다.

호텔에 도착해서 보니 한 건물 전체를 비우고 이를 검역 관리 시설로 이용 중이었다. 예전에 공항 내에도 검역 관련 시설이 있고, 검사를 받고 퇴실하기까지 하루가 걸린다는 내용을 외신에서 본 적이 있는데, 그때도 시설이 모자란 상태라고 했었다. 어차피 이용할 고객이 없다면 이런 식으로 호텔을 임차해서 사용하는 것도 나쁘지 않다고 생각했다.

위탁 수화물인 큰 가방은 가지고 갈 수 없다고 해서 가져온 짐들을 로비 한쪽에 두었다. 엘리베이터에는 한 번에 한 사람씩만 탔고, 확진자 발생 시 이용하는 엘리베이터는 별도로 분리되어 있었다.

저녁 도시락을 받고 지정된 방으로 들어가니 9시였다. 일단 입실하고 난 후에는 복도에 절대 나오지 말라는 안내를 받았다.

1인 1실 격리라 P와 헤어지게 되었다. 만약을 대비해서 싸둔 옷가지 일체와 생활용품 몇 가지를 꺼내 P에게 건네주었다. 그리고 싱숭생숭한 마음으로 복도에서 함께 사진을 찍었다. 바로 앞 방을 사용하긴 했지만, 결혼하고부터 3년간 떨어져 지내본 일이 없어서인지 기분이 이상했다. 둘 중 하나가 확진자로 잡혀간다면(?) 내일부터 P를 볼 수 없을 거라 생각하니 서운하고 기묘했다.

방은 흔한 비즈니스 호텔 방이었다. 대신 소독이 어려울 만한 것들을 모두 제거한 상태라 약간 휑했다. 커튼이 없어서 건너편에 있는 주상 복합 오피스텔이 훤히 보였다. 방 안에는 물 한 병과 수건 한 장이 전부였다. 만일 확진자가 나오면 방과 침구를 소독하는 것만으로도 큰일이니 간소화하는게 당연했다.

비치된 음식은 편의점 도시락이었지만 종류가 꽤 다양했고 따뜻하게 데워져 있었다. 한동안 먹지 않던 한식이라 약간 달고 짜다 느끼면서도 허겁지겁 해치웠다. 허기와 소화 불량 사이에서 미묘한 줄타기를 하는 기분이었다.

가족들에게 안부 전화를 하고 거의 30시간 만에

잠을 청하려 누웠다. 하지만 쉽사리 잠이 오지 않았다. 뉴욕에서 서울로 돌아올 준비를 하는 과정에서 혼자서 짐을 다 싸고, 마지막 빨래를 하고, 집 구석구석을 청소하고, 상할 수 있는 음식들을 모두 버리고, 값나가는 것들과 먼지가 앉을 것들을 정리하느라 며칠간 노동량이 너무 많았다. 그러고 나서도 비행기에 탈 수 있을지, 발열 체크를 통과하지 못하면 어떻게 되는지를 고민하다 간신히 쪽잠만 잤고 비행기 안에서도 3시간 남짓 졸았을 뿐이었다. 멜라토닌과 안정제를 먹고 물을 마신 뒤 누웠다. 불빛이 그대로 방 안에 쏟아졌다. 코로 들이쉰 숨을 입으로 길게 내쉬었다. 갈비뼈가 움직이는 것이 느껴졌다. 약 기운이 돌고 곧 이어 잠에 들었다.

4월 29일 | 귀가

새벽 3시, 짧은 진동 소리에 잠에서 깼다. 자면서 전화가 와도, 1시간 동안 알람이 울려도 세상 모르고 자는 편인데, 그날은 소스라치게 놀라서 깼다. 인천공항 검역소에서 온 문자였다. 검사 결과는 음성. 집에 돌아가는 잠깐 동안 해방된 후, 다시 14일간 자가 격리를 해야 한다는 의미였다. 어차피 미국에서 3개월간 필요한 일이 아니면 문 밖에도 나가지 않았으니 2주 정도는 우스웠다. 또 나가서 돌아다니는 것, 마스크를 안 쓰거나 대충 쓴 사람이 보이는 것도 썩 유쾌하지 않았던 터라 큰 걱정은 없었다.

P에게 검사 결과를 받았는지 문자로 물어봤지만 답장이 없었다. 기절한 듯 자고 있을 게 분명했다. 굳이 전화까지 걸어 깨울 필요는 없을 것 같아 도로 침대에 누웠다. 밀물처럼 안도감이 밀려오면서 순식간에 잠에 빠져들었다.

방금 눈을 감았다고 생각했는데 객실 전화가 울렸다. 시간을 확인해보니 새벽 5시 40분이었다. 바깥은 아직 어두웠다. 전화를 받으니 검사 결과를 확인한 후, 6시 40분까지 로비에 집합해야 한다고 했다. 전화벨 소리의 공격과 숙취 같은 피로가 쌓여 온몸이 두들겨 맞은 듯 쑤셨다. 물을 한 모금 마시고 P에게 전화를 걸었는데 받지 않았다. 빨리 씻고 나가는 길에 깨워야겠다고 마음먹었다. 샤워기에서 쏟아지는 뜨거운 물로 씻고 나니 없는 숙취가 약간 가시는 것 같았다. 시원한 생선국으로 해장하고 싶은 마음이 간절했다.

많지 않은 짐을 가방에 쑤셔넣다가 가방에서 잡다한 위생용품과 아이패드, 책을 꺼내 따로 챙겼다. 아직도 전화를 받지 않는 것을 보니 P는 퇴실 통보를 받지 못한 모양이다. 그렇다면 결과는 예상대로 확진이겠지. 생필품이야 치료 시설에서 제공하겠지만 책이나 아이패드는 제공하지 않을 것 같아 건네주고 싶었다.

나갈 채비를 마치고 문을 나서려는 순간 전화가 왔다. 완전히 졸린 목소리의 P가 전화를 받지 못해 미안하다며 방금 양성 판정 전화를 받았다고 했다. 시간이 많지 않았다. 문 앞에 물건을 두고 갈 테니 복도에 다른 사람이 없을 때 문틈으로 어서 가져가라고 재촉했다. 얼굴을 보고 인사를 할 수는 없었다.

나눠주는 간단한 도시락을 받고 어제와 비슷한 버스에 올라탔다. 어제 나와 같은 시간에 검사받았던 아이는 음성 판정을 받았는지 같은 버스에 아빠 손을 잡고 탔다.

인천 공항 1터미널 공항버스 승강장에 도착했다. 여기서부터는 음성 판정을 받은 사람들과 일반 귀국자 구분 없이 탑승했다. 버스에서 내리니 경찰관이 서 있었고, 사람들의 귀가 방법을 점검한 후에 집으로 보내기 시작했다. 마중 나온 가족과 함께 귀가하는 사람도 있었고 택시를 타는 사람도 있었다. 이외에는 대부분 광명역에서 KTX를 타는 듯했다. KTX 접근성이 좋지 않은 지자체에서는 직통 버스를 운행하기도 했다.

나는 엄마 집에서 자가 격리를 하기로 결정했기 때문에, 다른 해외 입국자들과 함께 광명역 가는 공항버스를 탔다. 매표소는 닫혀 있었다. 접촉 인원을 줄이려는 조치의 일환이라고 짐작했다.

버스를 타고 광명역에 도착한 뒤, 광명역 매표소에서 공항버스 비용과 KTX 비용을 동시에 결제했다. 광명역에는 집에 가는 기차가 자주 서지 않는 편인데, 다행히도 오늘은 15분 후에 출발하는 기차가 있었다. 이 기차를 못 타면 1시간 반 후에나 타야 했다. 안도의 한숨이 나왔다. 같은 버스를 타고 온 사람들 중에는 2시간을 넘게 기다려야 하는 이들도 있었다.

매표소 앞에는 각 지자체 공무원들이 대기 중이었다. 각 광역시, 도별로 호객 행위 하듯이 유쾌하게 "어디 가십니까?" 하고 묻는 모습에 약간 웃음이 났다. 해당 지자체 부스로 가서 이름과 연락처, 자가 격리 주소를 대략적으로 쓰고 탑승 안내를 받았다. 대기실에서 입국자 전용 칸까지 두 줄로 이동한 후 일반 승객의 승하차를 피해 승차했다.

KTX는 맨끝인 17, 18번 칸을 귀국자 전용 칸으로 운영하고 있었고 자가 격리 대상자가 실수로 다른 칸에 들어가는 것을 방지하기 위해 16번 칸을 비워 두었다. 생각보다 사람은 많지 않았지만 다들 귀국길이라 캐리어가 많아서 짐 보관함과 좌석에 짐이 복작거렸다. 나는 캐리어만 3개에 가방도 하나 메고 있는 데다가 이제 국가 공인 확진자가 된 P가 접촉하기도 했으니 최대한 조심해야겠다 싶었다. 출발하기 전에 들고 있던 짐의 겉과 손잡이 등을 알코올로 꼼꼼하게 닦고, 다른 사람 손이 타지 않도록 마주 보는 좌석에 자리를 잡고 내 앞에 짐들을 앉혔다. 역시 잠이 들지는 못했다.

도착할 역에 내리니 시 공무원 2명이 대기 중이었다. 같은 역에서 내린 사람은 나를 포함해 옆 자리에 앉아 있던 남녀와 고등학생으로 보이는 사람까지 총 4명이었다. 나와계시던 학생의 어머님이 옆에 서 있던 사람들에게 같이 와주셔서 감사하다고 연신 인사를 하셨다. 해외에서 혼자 공부하고 있다가 귀국한 모양인데, 얼마나 마음 졸이다가 따님을 만나신 것일지. 그 마음을 감히 헤아릴 수 없었다.

옆자리에 앉아 계셨던 분들은 혼자선 감당할 수 없는 짐을 들고 낑낑거리는 나를 보고 선뜻 도와주셨다.

우리는 플랫폼 끝자락에서 기다리다가, 일반 승객의 승하차가 끝난 후에 역 바깥으로 나갔다. 역 밖에 나가서도 캐리어 바퀴 등을 소독하고 UV 소독기로 보이는 물체를 통과한 후에야 마중 나온 엄마를 만날 수 있었다. 마침내 바라마지 않던 공식적인 자가 격리가 시작된 것이다.

생활 치료 센터와 자가 격리

혼자서도 오만 가지 유난을 떨며 자가 격리를 하러 집으로 가는 동안, P는 계속 호텔에 갇혀 있었다. 아마 적절한 이동 수단이 도착하기 전까지 시간이 걸리는 듯싶었다.

P는 11시경 모든 게 비닐로 덧씌워진 구급차를 타고 안산의 생활 치료 시설로 이송되었다. 현재 증상이 딱히 없어 음압 구급차를 타지 못한 것 같다. 혹여나 음압 캐리어에 갇히게 되면 꼭 사진으로 남겨달라고 부탁했는데, 못 탔다고 해서 조금 아쉬운 마음도 들었다.

이전에 한 공중파 다큐멘터리에서 대구의 환자를 타 지역으로 이송하는 업무를 맡은 119 구급 대원들의 하루를 본 적이 있다. 방호복을 입은 채 환자를 싣고 목적지에 도달하고 돌아오기까지 꼬박 하루가 걸리는데, 그 과정에서 준비할 것이 정말 많았다. 이송하는 내내 방호복을 벗지 못하는 건 기본이며, 화장실에 가지도 못하고 먹거나 마시지도 못했다. 고생스럽기가 이루 말할 수 없었다. 그 분들의 투철한 직업 정신이 여러 사람을 건강하게 지켜주고 있었다.

생활 치료 센터

생활 치료 센터는 증상이 없거나 경미한 확진자들을 격리, 치료하기 위한 시설이다. 처음에는 모든 확진자를 음압 병동에 격리했지만, 대구 집단 감염 사태 이후 음압 병상과 중환자실이 모자라자 도입한 개념이다. 본격적인 입원 치료가 필요 없는 경미한 증상의 환자들은 집에서 격리하도록 할 수도 있지만, 그들도 환자이기 때문에 누군가와의 접촉 없이 오로지 혼자서 생활하기는 어렵다. 또 생활에서 발생할 수 있는 추가적인 접촉을 막고, 환자의 상태가 급격하게 나빠졌을 경우, 늦지 않도록 적절한 처치를 하기 위해 마련한 것이다.

대구 코로나19 집단 감염이 한차례 지나가고 난 후, 중앙방역대책본부에서 직접 운영하던 전국의 생활 치료 센터들은 운영을 종료하였다. 각 지자체에서 운영하는 생활 치료 센터들은 계속 가동 중이다. 현재 서울은 중구에 위치한 서울 유스호스텔에 생활 치료 센터를 운영하고 있다고 한다. 남산을 지나다니면서 몇 번 본 적이 있다.

P가 입소했던 경기 국제 2 생활 치료 센터는 안산 중소벤처기업연수원에 마련되어 안산 고대 병원에서 운영하고 있었다. P는 5월 초순 퇴소하였고, 이 생활 치료 센터는 5월 15일에 운영을 중단했다고 한다. 그 외에 6월 말까지 해외 입국자 및 외국인 확진자를 받던 안성 생활 치료 센터는 6월 말에 운영을 종료하고 해당 업무를 천안 우정공무원교육원 생활 치료 센터로 이관한 것으로 보인다.

두 달 이상 집에만 있으면 의외의 것들도 놀이가 된다. 한국으로 돌아오기 전, 우리 둘은 확진 판정을 받았을 때의 시나리오가 어떻게 굴러갈지 상상의 나래를 실컷 펼쳤다. P가 양성이고 내가 음성일 때, 내가 양성이고 P가

음성일 때, 둘 다 양성일 때, 가장 재미없는 시나리오로 둘 다 음성이 나와서 14일 자가 격리를 평범하게 마칠 때를 각각 상상했다. 뭐가 어떻게 될지 이야기하며 낄낄거리다가도 얼마나 더 오래 갇혀 있어야 하는 건지 막막해져 우울해하곤 했다.

가장 가능성이 높은 1번 케이스(현실)를 상상할 때는 이미 다 아프고 의사가 권고한 2주 추가 격리도 마치고 한국에 온 것이니 잠깐 시설에 입소했다가 3일쯤 지나서 음성이 나오면 며칠 안에 집에 가서 놀 수 있지 않겠느냐고, 제발 그랬으면 좋겠다고 행복 회로를 신나게 돌렸다. 하지만 현실에서는 입소 후 7일이 지나서야 최초 검사를 한다고 해서, P는 몹시 시무룩해졌다.

질병관리본부 중앙방역대책본부의 7월 8일 정례 브리핑에 따르면, 입원 치료 확진자의 평균 재원 기간은 20.7일이었으며, 산소 치료 이상의 치료가 필요한 확진자의 평균 재원 기간은 23.7일이었다고 한다. 아마 이것은 병원 내 치료 기간만 계산한 것 같고, 확진부터 격리 해제까지 걸리는 기간은 이보다 조금 더 긴 것으로 보인다. 일주일 만에 퇴소한 사람도 있다고는 하는데, 아마 해외 유입 사례로 P와 비슷한 경우가 아닐까 싶다.

일주일이 지나고 한 검사에서 P는 약 양성 반응이 나왔다. P의 상심은 이루 말할 수 없었다. 불행 중 다행이라면 약한 양성 반응이라 그런지 7일이 아니라 3일 후에 재검사를 한다는 것 정도였다.

다행히 3일 후 검사에서는 음성이 나왔고, 24시간 후에도 다시 음성 판정을 받아 P는 입소 10일만에 격리가 해제되었다. 귀가 과정을 물어보니 일반 대중교통을 이용해서 집에 가도 된다고 했다고 한다. 특수한 경우지만 재확진 되는 상황도 벌어지고 있을 때라 최대한 조심해서 오라고 당부했다. 그리고 생활 치료 센터는 일반 자가 격리 기준은 잘 모르는 것 같아 자가 격리 관할 보건소에도 연락해보라고 했다. 보건소는 자가 격리 신고지로 돌아와서 입국일로부터 14일 자가 격리를 유지하라고 알려주었다. 집으로 와서도 며칠간 더 갇혀 있어야 한다는 뜻이었다. 결국 행복 회로를 열심히 돌린 것과는 다르게, P는 자가 격리를 끝까지 충실히 하게 되고 말았다.

P는 퇴소할 때 혈장 치료제 개발을 위해 혈장 공

여를 부탁한다는 안내문을 받았다고 한다. 헌혈 공여 시 첫 번째 방문 때 건강 상태와 항체 생성 여부를 확인하고, 항체 형성이 확인되면 2차 방문 때 혈장 공여를 한다고 했다. 당시에는 방문할 때마다 교통비로 각각 10만 원과 20만 원을 지급한다고 했는데, 금액을 듣고 공여자 자체가 별로 없거나 애초에 헌혈 가능자가 적을 거라는 생각이 들었다.*

P는 공여를 하고 싶어 했는데, 조건을 들으니 왠지 공여 대상이 아닐 것 같아서 방문 전에 꼭 전화를 해보라고 했더니 역시나 공여 대상이 아니었다. 헌혈 금지 대상자는 혈장도 공여할 수 없기 때문이다. P가 퇴소할 당시 한창 재확진 사례에 대한 논란이 계속되고 있었다. 결국 P는 일주일 후에 재검사를 받아야 했다.** 이날 다섯 번째 검사에서 음성이 나와 P는 드디어 진정한 자유의 몸이 되었다.

P의 가장 유력한 감염 원인은 아주 짧은 시간 동

* 실제로 6월 3일자 기사에 혈장 공여자가 12명밖에 되지 않는다고 보도되었다.

** P가 검사를 받은 날, 완치 판정 후 재확진의 경우에는 전염 위험성이 없다고 판단해 완치 이후 추가 검사를 하지 않는 것으로 지침이 변경되었다.

안의 마스크 미착용이다. 한국에 돌아와서도 한참 후에 P가 고백한 바에 따르면, 마스크를 쓰지 않고 한두 번 집 앞 슈퍼에 간 적이 있다고 한다. 아마 내가 요리하느라 바빠 양파를 조금만 사다 달라고 부탁했을 때였을 것이다.

또 귀 따갑게 한소리 들을까 봐 숨긴 모양인데, 야단이 문제가 아니다. 같은 집에 사는 사람들이 적절한 조치를 취할 수 있도록 그런 건 미리 이야기하는 게 좋다.

모든 사람에게 당부하고 싶은 한 가지. 정말 마스크는 꼭 써야 한다.

P의 기록

공항에 도착해 코로나19 검사 후 격리를 당했다. 사실 아픈 건 모두 지나갔기에 음성이 나올 거라고 예상했었어서, 갑작스러운 시설 격리가 조금 당황스러웠다.

공항 앞 호텔에서 하루가 채 안 되어 구급차에 실려갔다. 호텔에서 나와 구급차에 타는 모든 과정이 조심스러웠다. 지하 주차장에서 출구로 빠져나가 구급차에 오르는 동선 또한 모두 정해져 있었다. 그 누구도 내 근처에 오지 않으려는 게 느껴졌다. 난생 처음 타보는 구급차 안은 비닐로 덮여 있었다.

1시간쯤 이동해 안산에 위치한 생활 치료 센터에 도착했다. 들어가면 절대 나올 수 없다는 기본적인 설명과 몇 가지의 안내문을 받아 방으로 이동했다. 그 와중에 엘리베이터를 기다리면서 근처에 걸려 있던 그림이 눈에 들어왔는데, 퇴소할 때쯤 되어 그 그림이 김구림 작가님의 〈꽃〉이라는 작품이라는 걸 알게 되었다.

센터에서 생활에 필요한 기본적인 물품들을 줬다. 빨랫비누, 컵, 물, 컵라면, 차, 전기 포트, 비누, 휴지, 핸드 크림, 폐기물 통 등이었다. 냉장고는 없었지만 TV가 있다는 점이 조금 위안이 되었다.

시설 격리 이틀 차. 아침에 일어나 TV를 켜자 뉴스에서 전날 코로나19 확진자는 해외 유입 4명, 국내 발생 0명이라고 보도했다. 저 넷 중 하나가 나라는 게 조금 허탈해서 쓴웃음이 지어졌다.

식사는 매우 양호한 수준이었다. 다양한 종류의 육류가 매일 배달되었고, 도시락도 살면서 한국에서 먹어 본 것 중 으뜸이었다. 환자들의 건강을 책임져야 하는 도시락이었기 때문일까.

그래도 혹시나 영양이 부족할까 싶어 쿠팡으로 바나나, 방울토마토 그리고 배 도라지 즙을 시켰다. 친한 누나와 통화를 하다 배 도라지 즙이 감기에 좋다고 해서 밑져야 본전이라는 마음으로 주문한 것이다.

병에 걸린 첫 2주 동안 몸살 감기 증상을 겪으며 4킬로그램이 빠져있던 탓에 열심히 먹었다. 먹고 나서 쉬는 시간에는 홈 트레이닝으로 팔 굽혀 펴기, 스쿼트, 크런치를 했다. 코로나19에 걸리기 전의 몸무게를 빨리 회복하고 싶었다. 남는 시간에는 넷플릭스를 봤다.

시설에 가지고 간 짐은 어이없게도 모두 사진 장비였다. 그래서 하루는 시설 안에서 창작 활동을 하기도 했다. 5년쯤 쓴 작은 가죽 명함 지갑에 눈이 갔다. 광은 이미 사라진 지 오래인, 퍽퍽하고 거친 느낌. 가지고 있던 알코올과 휴지를 사용해 이물질을 제거하고 그 위를 보디로션으로 덮어서 나름의 복원 작업도 했다. 어떻게든 시간을 보내야 했으니까.

나는 무슨 일이 일어나도 꽤 잘 버티고 금방 적응하는 성격이다. 그래서 시설 격리 기간 동안 그리 지루하지 않았다. 휴대폰 게임도 하고, 오랫동안 소식을 듣지 못했던 사람들과 통화하며 안부도 주고받았다. 코로나19에 걸려 격리 중이라는 소식을 전하는 것도 잊지 않았다.

일주일이 흐른 뒤 시설 격리 후 첫 검사를 진행했다. 검사원은 내 방 앞에서 검체를 채취해갔다. 공항에서처럼 강하게 쑤시지는 않았다. 그래서 더 빨리 끝났고, 아프다는 느낌도 크지 않았다.

하루가 지나 검사 결과는 약 양성. 이틀 후에 다시 검사를 진행한다고 했다. 일주일이면 나갈 수 있을 줄 알았는데, 예상이 빗겨나갔다.

이틀 후의 검사에서 드디어 음성이 떴다. 그리고 다시 24시간 후에도 음성. 4월 29일에 입소하여 5월 10일에 퇴소할 수 있게 되었다.

광명역에서 KTX를 타고 남은 자가 격리를 하러 집으로 내려가면서 봤던 하늘이 아직도 기억난다. 비록 자가 격리 기간은 며칠 남았지만, 오랜만에 해방감을 느꼈다. 조금 있으면 나도 밖에서 사람들을 만날 수 있겠다는 생각이 들었다.

자가 격리

집에 도착한 이후로 방에 갇혀 매끼 엄마가 챙겨주는 밥을 먹고 누워서 빈둥거리기만 했다. 원래는 엄마가 외부 숙소를 구해서 나가고 P와 둘이 집에서 자가 격리를 할 요량이었는데, P가 생활 치료 센터로 잡혀가는 바람에 혼자 있게 되어서 그냥 방 안에 가만히 갇혀 있기로 계획을 바꾸었다.

시도 때도 없이 졸렸다. 시차 적응의 때문이 아니었다. 약 3개월 간 모든 물건의 표면이, 닫혀 있는 모든 공간이 오염되어 있다고 생각하고 신경이 잔뜩 곤두선 상태로 살았던 후유증인 것 같았다. 본가에 와서도 격리 중에는 혹여나 잠복기일까, 다른 식구들에게 옮길까 두려워 깨어 있는 시간 동안 계속 온갖 것에 신경 쓰고 있었다. 식기도 직접 세척할 수 있는 환경이 아니어서, 식사 후에 방에서 나가는 것은 죄다 알코올에 적셔서 내보냈다.

격리 첫날. 도착하자마자 눈물 나게 맛있는 집밥을 먹고 모자란 잠을 보충하려 했다. 선잠에 들었는데 관할 보건소가 아닌 타 보건소에서 전화가 왔다. 집 주소가 마산이 아니냐는 것이었다. 아니라고 대답하고 정정해달라고 이야기했다. 내가 탈출했을까 봐 그런지 담당 공무원은 연거푸 연락처와 주소를 다시 확인했다.

전화를 끊고 또 설핏 잠이 들 뻔한 순간에 관할 보건소에서 다시 전화가 왔다. 아마도 광명역에서 지자체 공무원들이 내 주소를 잘못 입력한 모양이었다. 그렇지 않아도 정보를 기재할 때 다른 사람의 정보가 대충이라도 보이는 게 신경 쓰였었다. 내 기억으로는 내 직전에 정보를 적은 사람이 마산회원구에 사는 사람이었다.

사정을 설명하고 주소와 자가 격리 애플리케이션

위치 정보가 맞는지 확인한 후 다시 잠에 들려는데, 지자체 담당 공무원에게 전화가 왔다. 오늘은 시간이 늦었으니 내일 오후에 자가 격리 안내문, 동의서와 구호물자를 전달하러 오겠다는 전화였다. 행정안전부 소속 지자체와 보건복지부 소속 관할 보건소로 코로나19 관련 업무가 쪼개져 있어서 따로 통보하는 듯했다. 덕분에 집에 도착한 지 거의 4시간이 지나서야 충분히 잠을 잘 시간을 얻을 수 있었다.

이틀 후 낮에 구호물자가 도착했다. 접촉을 피하기 위해서인지 집 앞에 박스만 덩그러니 놓여 있었다. 박스가 엄청 무겁다는 엄마의 투덜거림이 들렸는데 나갈 수가 없어서 사진을 찍어달라고 부탁했다. 격리 도중에 나올 쓰레기를 모을, 생물학적 위험 표시가 큼직하게 그려진 주황색 의료 폐기물 전용 봉지와 그 봉지 내외를 소독할 염화벤잘코늄을 포함한 스프레이형 소독제가 담겨 있었다. 일회용 체온계와 격리 안내서와 동의문도 함께 들어 있었다. 또 초코파이와 버터링, 버터 와플, 에너지 바 등의 과자류와 김, 깻잎, 장조림, 멸치 볶음, 참치 캔 등의 반찬류, 육개장과 전복죽, 삼계탕, 김치찌개와 햇반 등등이 가득 찬 박스 2개와 기타 음료수, 생수 한 묶음 등이 들어 있었다. 혼자 몫이라도 이걸로 삼시세끼 2주를 꽉 채워 버티기는 어렵겠지만, 그래도 밥만 있다면 충분히 나눠먹을 양으로 보였다.

요리하기 귀찮을 텐데 구호물자나 하나씩 까서 달라고 했더니, 평소에 라면도 맛없다고 안 드시는 엄마는 집에 먹을 것 많은데 맛없는 거 부러 먹지 말라며 주지 않으셨다. 사위 온다고 별걸 다 냉장고에 꽉꽉 채워놓으셔서 굳이 보존 식품을 먹을 필요가 없기는 했다.

심심해서 반찬 맛을 보았는데 너무 맛이 없었다. 나중에 속이 불편해서 먹은 전복죽은 다행히도 비린 맛 없이 부드럽고 괜찮았다. 이렇게 음식 투정을 하면 어디가서 못 얻어먹고 다닌다고 대놓고 불평하지 말랬는데, 이제는 글로 쓰기까지 한다. 제 버릇은 남 못 준다.

간헐적으로 담당 공무원에게 전화가 온 것만 빼면 초반 며칠은 평온했다. 앱을 끄면 위치 추적이 안 되니 계속 앱을 켜고 있으라는 전화였다. 고의로 끈 건 아니고, 앱이 많이 켜져 있는 걸 싫어해서 전부 다 끄는 게 습관이라 그랬다. 처음 이틀은 꺼진 줄도 몰랐어서 몇 시간 간격으로 계속 위치 확인 전화가 왔다.

사람들을 자가 격리 장소에서 이탈하지 못하게 하는 것은 물론 중요하지만, 공무원을 배정해서 그 사람에게 관리 책임을 전가시키는 방법은 효율적일지는 몰라도 정말 사람 괴롭히는 방법이라 생각했다. 퇴근 이후의 시간은 누구에게나 소중한 법인데 밤에도 다급하게 전화를 해야 할 것이 아닌가. 자가 격리자가 많은 지역은 공무원 한 명이 담당해야 하는 사람이 수십 명이 될 수도 있고 말이다.

매일 아침과 밤에 자가 진단을 해서 열과 증상을 애플리케이션에 기록해야 했다. 공항에서 귀 체온계로 온도를 잰 것과 마찬가지로, 며칠간은 36.1도에서 36.4도 정도로 체온이 비교적 낮게 나왔다. 평상시 체온을 측정할 때 37도를 넘어본 적이 없어서 기초 체온이 낮은가 보다 했다.

체온을 잴 때는 구호물자에 포함되어 있던 일회용 체온계를 사용했다. 재질은 플라스틱으로, 얇고 폭이 좁은 일회용 종이 스푼 같이 생겼다. 5개 가량이 들어있었고, 수급이 쉽지 않은 탓인지 안내서에는 많이 줄 수 없다면서, 혼자서 쓸 땐 물에 헹궈서 쓰면 된다고 적혀 있었다.

사용 방법은 간단하다. 아침 저녁으로 혀 아래에 체온계를 넣고 60초가량 기다린 후에 색이 진해진 칸의 숫자를 읽으면 된다. 겨드랑이에서 재면 3분이나 기다려야 한다고 해서 그 방법은 바로 포기했다. 뜨거운 차를 마시거나 목욕, 운동을 하고 곧장 체온을 재면 말도 안 되는 체온이 나오는 걸 볼 수 있었다. (그 와중에 또 궁금해서 이것저것 테스트해보았다.)

자가 격리 나흘째. 평소처럼 눈 뜨자마자 체온을 쟀더니 37.3도 정도로 올라 있었다. 증상 의심 기준 체온인 37.5도에 조금 못 미치는 수준이었다. 하지만 보통 사람은 아침에 체온이 낮고, 오후에 체온이 가장 높다. 아침에 잰 체온이 사흘간 같은 체온계로 잿을 때와 비교해 1도가량 차이가 나니 약간 불안했다. 혹시 센서에 문제가 생겼나 싶어 쓰던 체온계를 버리고 새 포장을 뜯어서 다시 쟀는데 결과는 같았다.

그러고 보니 증상 역시 심상치 않았다. 피곤한 건 그러려니 했지만 자다가, 혹은 아침에 일어나면 두통과 함께 기침이 많이 나왔고 간헐적으로 메스꺼웠다. 3일간 지켜보자 생각하고 계속 체온을 쟀는데, 일주일째 되는 날 결국 37.6도를 기록했다.

담당 공무원에게 연락했더니 며칠 더 지켜보고 검사하는 것이 어떻겠느냐고 했다. 이미 며칠 간 증상이 애매하게 있다가 체온이 37.5도가 넘어서 연락을 드렸다 하니 보건소에 연락해서 검사 예약을 하라고 했다.

보건소에 연락했더니 검사하기 애매하다 생각했는지 역학 조사관에게 물어보고 연락을 주겠노라고 했다. 곧이어 검사를 받으러 오라는 답변이 와서 바로 예약을 하고 보건소로 갔다.

다행히 지역 보건소가 걸어서 갈 수 있는 거리에 있어서 차를 타지 않고 걸어갔다. 엄마가 데려다주겠다고 했지만 확진이 될 수도 있는 상황이라 좋은 선택 같지 않았다. 나가기 전 KF94 마스크를 쓰고 한쪽 주머니에는 손 소독제, 다른 쪽 주머니에는 알코올 스프레이를 챙겼다.

보건소로 가는 길이 너무 무서웠다. 확진될 수도 있다는 두려움보다는, 며칠 만에 처음 나와 본 길거리에 수많은 사람들이 마스크를 제대로 착용하고 있지 않았기 때문이었다. 그날은 마침 간만에 기온도 높고 날씨가 좋아서,

놀러 나온 가족들이 잔뜩 나와 있었다. 부모들은 간혹 마스크를 쓰고 있기도 했지만 많은 어린이들이 마스크를 아예 쓰지 않고 있었다. 최대한 사람들을 피해서 돌아가되 피할 수 없는 상황에서는 숨도 쉬지 않고 빠르게 지나쳤다.

보건소에 도착하자 출입 금지 푯말과 함께 선별 진료소 안내 표지가 세워져 있었다. 표지를 따라갔더니 음압 텐트가 설치되어 있었다. 실외에서 검사를 진행해도 될 텐데. 뭔가 의미가 있겠거니 했다.

먼발치에서 도착했다고, 어디로 가야 하는지 물어보니까 아직 보호 장비를 착용하지 못해서인지 의료진 여러 명이 동시에 다급한 목소리로 "가까이 오지 마세요! 들어오지 마세요!"라고 소리를 지르셔서 헛웃음이 났다. 검사받으러 와서 현장에서 일하는 사람들이 이용하는 가건물 안으로 무작정 들어오는 조심성 없는 사람들이 많나 보다 싶었다.

곧 전신 방호복을 입은 의료진이 나와서 음압 텐트를 소독하고 있으니 대기해야 된다고 말했다. 잠시 기다리다가 검사를 받았다. 공항에서만큼 세게 문지르지는 않았지만 그래도 구인두에 면봉이 닿은 다음에는 기침을 좀

했다.

나와서 손 소독제로 손을 꼼꼼히 닦고 신발, 소매 등에 알코올 스프레이를 뿌렸다. 돌아가는 길, 사람들은 더 많아졌고 이례적으로 추웠던 봄 날씨가 따뜻해져서인지 다들 행복해보였다. 땀 때문에 마스크가 젖어서 얼굴에 달라붙었다. 숨을 쉬기가 어려워졌다. 이마 라인을 따라 머리카락을 쓸어올리고 눈을 만지지 않으려고 애썼다.

다음 날 아침 일찍 보건소에서 전화가 왔다. 검사결과 음성. 증상이 약한 경우에 가음성이 나온다고도 들었는데 그럴 경우를 대비해서 더 조심하기로 했다. 원래는 문을 열어두고 문지방에 앉아서 멀찍이 있는 엄마와 이야기를 나누곤 했는데, 이제 마스크를 쓰지 않고는 말을 하지 않기로 했다.

하루 종일 열감이 있었고 메스꺼움이 더 심해져서 방 안에서 가볍게 하던 운동도 그만두고 종일 누워 있게 되었다. 체온은 계속 37도에서 37.5도를 오르락내리락했다.

증상에 별 호전이 없는 채로 격리 해제 이틀 전을

맞았다. 보건소에 다시 전화했다. 증상이 없어지지 않았는데 격리 해제가 되면 일반 병원에 가도 되냐고 문의하니 그렇다고 했다. 그러나 2시간쯤 지나서 다시 전화가 걸려와 아무래도 검사를 받고 해제하는 게 좋겠다고 했다.

첫 검사를 받았을 때보다 확연히 더워진 날씨에 또 마스크를 쓰고 낑낑대며 언덕배기를 올라 같은 보건소에서만 세 번째 검사를 받았다. 이번엔 공중전화 부스만한 크기의 작은 음압 부스에서 검사를 받았는데, 검사원이 같이 들어가는 구조라 안전하지 않다고 느꼈다. 검사원도 그렇게 느꼈는지 내게 들어가면 말하지 말라고 당부했다.

다음 날 아침에 보건소에서 전화가 와서 검사 결과 음성이니, 내일부터 격리 해제라고 했다. 그날은 마침 내 생일이기도 했다. 끼워 맞춘 것일 뿐이지만 기묘한 우연의 연속이었다. 생각도 못하고 있었는데 생일 겸 격리 해제 기념일이 되어버렸다. 여전히 열감, 두통, 기침과 메스꺼움에 시달리고 있었지만 밖에 나가서 바람을 쐬면 괜찮아질 거라는 말을 믿고 싶었다.

격리가 해제되자마자 근처 내과를 찾아갔는데, 투석 환자들 때문에 발열 환자는 코로나19와 관계 없이 받을 수 없다는 말을 들어서 조금 떨어진 다른 내과에 갔다.

어제 음성이 나왔지만 발열이 있다 보니, 언제나 사람들과 멀찍이 떨어져서 나의 현재 상황을 다른 이들에게 다 들리도록 읊었다. 두 번째 내과에서도 들어가자마자 상황 설명을 했다. 다행히도 병원에는 환자가 하나도 없었다. 의사는 내 이야기를 듣더니 코로나19 검사의 신뢰성이 너무 낮아서 다시 검사를 받는 것이 좋겠다고 했다.

미국 하원 의원 마크 그린이 의회 청문회에서 로버트 레드필드 CDC국장에게 "한국은 코로나19를 검사할 때 한 종류만 검사하지 않느냐. CDC에서 준비하는 3가지 검사가 더 정확하다. 이에 대해 설명해 달라"고 발언하며, 한국의 코로나19 검사에 비해 미국의 것이 훨씬 우수하다고 주장한 것이다. 다음 날 한국 인터넷 신문에는 미국 하원 의원이 한국 코로나19 검사의 신뢰성에 문제를 제기했다는 제목으로 기사가 수도 없이 올라왔다.

한국 언론은 명확한 사실 확인을 거치지 않은 채 한국 코로나19 검사의 신뢰성을 의심하며 공격했다. 하지만 이 모든 것을 어떻게 설명해야 할지 모르겠어서 그냥 의사가 하는 말을 듣다가 수액을 맞고 처방전을 받아서 나왔다. 처방전에는 항생제, 항히스타민제, 소염 진통제 그리고 흔히 처방되는 위장약이 적혀 있었다. 이걸 먹어야 할 이유도 모르겠고 먹을 엄두도 안 나서, 그냥 신나게 놀면 낫겠지 싶어서 처방전은 무시한 채 오리고기도 먹고 초밥도 먹고 생선국도 먹으며 돌아다녔다. 물론 다른 이들과의 접촉은 항상 조심했고, 밥을 입에 집어넣고 있을 때를 제외하고는 항상 마스크를 썼다. 아세트아미노펜을 포함해서 먹던 약도 다 끊었다.

닷새 후에도 좀처럼 증상이 낫지 않았다. 다른 병이 아닐까 싶은 마음에 종합 병원으로 갔다. 그런데 의료진이 코로나19에 걸리는 바람에 2번이나 일시적으로 전체 폐쇄된 전적이 있는 병원이라 입장부터 쉽지 않았다. 문진표를 작성하고 체온 측정을 한 후에야 건물 안으로 들어갈 수 있었을 뿐만 아니라, 주차장에 들어갈 때도 같은 절차를 거쳐야 했다. 지역 감염이 없는 채로 시간이 꽤 지났는데도 수많은 직원들이 이리 뛰고 저리 뛰면서 상황을 통제해보려고 애쓰고 있었다.

당연히 병원에 들어갈 수 있을 줄 알고 문진표를 작성하려다가 별 생각 없이 검사하는 사람과 잠시 대화를 나누었다. 그런데 아니나 다를까. 확진자 밀접 접촉, 해외 입국, 자가 격리, 발열이라는 마법의 단어들이 등장하자 바로 선별 진료소로 보내졌다. 추가 검사의 예감이 들었다.

의심 이력이 없어도 발열이나 일부 증상이 있으면 선별 진료소에서 진료를 봐야 하는지라, 선별 진료소에는 의심 환자와 아닌 사람이 섞여 있을 수 있었다. 바깥에 드문드문 놓여진 의자에 앉아서 기다리라는 말을 들었다. 바깥에는 선별 진료소와 기초 검사를 위한 검사실 컨테이너들이 띄엄띄엄 놓여 있었다. 그날따라 날씨가 추워서 벌벌 떨면서 기다렸는데, 콧물과 재채기가 나와서 혼났다. 열을 내려고 혼자 대낮부터 체조를 했다.

기다림 끝에 마침내 전신 보호복을 입은 의사를 만날 수 있었다. 의사를 보자마자 아프기 시작한 날짜와 증상, 그리고 P의 검사 결과, 격리 이력에 대해서 말했다. 나와 이야기한 의사는 만성폐쇄성폐질환을 전문으로 진료하는 호흡기내과 의사였는데, 코로나 초기에 만성폐쇄성폐질환 환자들의 사망률이 높았기 때문인지 지금도 지속적으로 연구들을 추적하고 있는 중이라고 했다.

의사는 이 병원에 감염내과 의사가 없고 코로나19는 새로운 바이러스이기 때문에 자신도 잘 안다고 할 수는 없지만, 잠복기가 14일보다 길거나 증상이 약해서 검사 결과가 애매하게 나오는 경우가 있다고 했다. 따라서 코로나19 검사를 받지 않으면 병원에 들어갈 수 없다고 했다. 그리고 나는 밀접 접촉자라서 검사 비용은 보험 처리가 된다고 알려주었다.

그렇다면 의심 접촉, 해외 방문 이력이 전혀 없을 때 증상이 있으면 어떻게 해야 하느냐고 물었다. 그렇다고 해도 병원에 들어오려면 자비로라도 검사를 받아야 하며, 가격은 16만 원 정도라고 했다. 예상대로 원내 감염에 대한 우려가 심각한 모양이었다.

또 신경 쓰이는 증상 중 하나인 열감에 대해서는 지금은 실제로 열이 난다고 할 수 있는 범주가 아니라서 뭐라고 말할 수 없지만, 감염이 아니라면 원인을 찾기가 굉장히 어려워질 것이라고 했다.

임시 진료소의 컨테이너들을 돌며 소변과 혈액

검사 샘플을 채취하고, 흉부 및 코 엑스레이를 찍었다. 의사는 코로나19 검사 결과를 보고 말하자고 했다.

나 같은 해외 입국자들에게 궁금한 것이 많은 모양이었다. 아무래도 한국 확진자들은 신속한 격리로 일반 의사들을 볼 일이 없고, 해외 상황 보도는 이해할 수 없거나 피상적으로 느껴지는 경우가 많아서 그런가 했다. 이분뿐만 아니라 이후에 만난 다른 의사들도 확진됐을 때 증상은 어땠는지, 무엇을 했는지, 미국 상황은 어떤지, 마스크는 구할 수 있는지, 검사는 받았는지, 특정 사람들은 왜 그러는지 궁금해해서 진료를 볼 때마다 대화 시간이 매우 길어졌다.

검체 채취를 다시 했다. 이번 검사는 코 안을 면봉으로 꽤 휘휘 오랫동안 저었는데도 (그럴 리는 없지만) 몇 번의 검사로 그새 단련되었는지, 아니면 전문가의 숙련된 솜씨 덕분인 건지 눈물과 콧물은 쏟지 않고 기침 몇 번으로 끝났다.

다음날, 코로나19 음성이라는 전화를 받고 병원에 다시 진료를 보러 갔다. 병원에 들어가는 게 쉽지 않았지만, 어제 문진과 검사 안내를 해주셨던 분을 만나서 바로 들어갈 수 있었다.

검사 결과는 아주 깨끗했다. 간과 염증 수치도 매우 정상이고, 엑스레이에도 아무런 문제가 없었다. 의사는 전날 대화했던 것처럼 이런 경우에는 원인을 찾기 힘드니 쉬어보는 것도 나쁘지 않다고 했다. 그리고 3차 병원에 갈 생각이 들면 필요할 거라고 하면서 관련 서류들을 챙겨주었다. 다만 코로나19 검사는 또 받아야 할 수도 있다고 했다.

증상이 계속되고 정신적으로도 시달려서 피곤했지만, 3주간 검사를 네 차례나 받은 국가 공인 코로나19 음성 4급(?)이 되었으니 이만하면 코로나19는 아닐 거라는 생각에 마음 놓고 살기로 했다. 몇 달간 극심한 긴장 상태로 살아서 그런 것일지도 모르니까.

자가 격리가 끝나고 정확히 30일 후, 다시 새벽과 아침에 기침이 잦아지고 속이 메스꺼우며 인후통이 있어서 근처 이비인후과를 찾았다. 혹여나 하는 마음에 상황을 설명했더니 진료를 볼 수 있다고 했다. 의사는 인후두를 내시경으로 보더니 염증이 있다고, 역류성 인후염이라고 했다. 발열은 이것과 관계가 없다고 했지만, 어쨌든 원인을 절반이라도 알게 되어 속이 시원했다.

온갖 민폐를 끼치고 소란을 피운 끝에, 내 몸이 좋지 않았던 건 집에 갇혀 있는 동안 먹자마자 누워서 그런 것이었다는 허무한 결론에 도달했다. 그리고 마침내 확진자와 한 집에 살면서 코로나19에 걸리지 않고 살아남은 사람으로 자랑하고 다닐 수 있게 되었다. 유행 초기에 내가 먼저 무증상 감염이 된 후에 P에게 옮겼을 가능성도 생각해 보았으나, 항체 검사를 해보기 전까지는 증명할 길이 없다.

손을 씻을 수 없을 때 간헐적으로 사용하는 경우를 제외하고는 손 소독제를 거의 쓰지 않는 요즘, 가끔 그때는 소독용 알코올을 너무 많이 흡입해서 그런 게 아니었을까 하는 상상을 해본다.

7장

코로나 이전과 이후의 세계

한국과 미국의 공식적인 첫 확진자가 나타난 지 6개월*이 지났다. 처음의 공포에 비하면 평온하다고도 할 수 있겠지만 여전히 많은 부분이 혼란스럽고, 많은 이들이 아프다. 누군가는 소중한 사람들을 잃고 이전의 일상으로 돌아가지 못했다. 미국에는 여전히 인종 차별과 반지성주의적인 행태가 만연하다. 마스크 착용 지침 같은 국민의 안전을 보호하기 위한 장치가 정치적으로 이용되면서 각

* 2020년 7월 기준.

주와 지자체 들이 서로 고소하는 행태를 벌이는 등 여러모로 혼돈에 빠져 있다.

미래를 꿰뚫는 혜안이 없더라도 누구나 상상할 수 있을 것이다. 우리는 이전의 세계로 돌아갈 수 있을까? 그에 대한 대답은 반은 맞고 반은 틀리다.

코로나19가 가져올 변화가 이전의 전염병들이 가져왔던 변화보다 클까?

공유 경제라는 이름으로 진행되고 있던 '외주화'는 쇠퇴할까?

미국 중산층 이상의 사람들이 뉴욕과 같은 도심을 피하고 뉴저지의 교외에 집을 사는 현상은 지속될까?

과연 미국의 대중교통은 쇠퇴하거나 사라질까?

의학적 치료와 예방법을 거부하고 잘못된 권위를 추종하는 경향은 더 커질까?

잘못된 정보·신념에 의거한 혐오는 더 확산될까?

우리는 우리와 다른 사람들을 지금보다 더 배척하게 될까?

지적 외계 생명체가 찾아오기를 바라던 인류는 미신과 유사 과학으로 인해 후퇴하게 될까?

칼 세이건의 저서 《악령이 출몰하는 세상》에 이러한 구절이 있다.

"나는 내 손자들 또는 증손자들 시대의 미국에 대해 불길한 예감을 갖고 있다. 그때의 미국은 서비스 및 정보의 경제 시대일 것이다. 거의 모든 핵심 제조 산업들은 다른 나라로 빠져나갔을 것이며, 최고의 기술력은 소수의 사람들 손에 들어가게 될 것이고, 대중의 관심을 대변하는 사람은 현안 문제들을 전혀 파악할 수도 없을 것이다. 또 국민들은 자신의 비망록을 설계하거나 권위를 갖고 그것을 식견 있게 문제삼을 수 있는 능력을 상실할 것이다. 그리고 우리의 비판적인 능력은 쇠퇴하여 좋게 느껴지는 것과 진실인 것을 구분할 수 없게 되며, 수정을 꼭 부여잡고 신경질적으로 우리의 운세를 물어보게 될 것이다. 그때 우리는 자신도 모르는 사이에 미신과 어둠속으로 빠져들 것이다."

칼 세이건이 예언한 지 25년 만에, 모든 것이 이루어졌다.

기후 변화와 인수공통감염병, 다음 팬데믹

8월이면 으레 찜통이어야 할 한국에 40일 넘게 장마가 지속되고 있다. 8월 초에 이런 날씨는 처음 본다. 그 탓에 정부가 자원 분배를 할 새도 없이 전국이 동시에 물에 잠겼다. 해외도 다를 바 없다. 중국, 일본, 미국, 인도 할 것 없이 모두 물에 잠겨 있다. 한 트위터 유저가 그레타 툰베리를 두고 "노아에 버금가는 신의 메신저"라고 표현했는데. 고개가 끄덕여졌다.

이러한 기후 변화도, 지카바이러스도, 아마 코로나19와 그 다음에 올 전염병 바이러스도 마찬가지일 것이다. 인간과 동물 모두 걸릴 수 있는 인수공통감염병들은 결국 인간이 자연을 무리하게 침범한 결과이다. 효율성과 이윤을 최우선으로 추구하는 이 시대는, 사람의 손이 닿은 적 없는 땅을 내버려 두지 못한다.

사람이 자연과 직접 부딪히는 곳에서 동물에게는 별 큰 문제가 아니었을 바이러스가 사람에게 넘어와 치명적인 바이러스가 되는 사건을 '스필오버 이벤트SILLOVER EVENT'라고 한다. 인수공통감염병이 생기려면 해당 병원체에 감염된 특정 동물을 사람이 만나야 한다. 그리고 지난 50년간 인수공통감염병은 끊임없이 증가해왔다. 숲을 파괴하고 행해지는 농업, 목축업, 그로 인해 일어나는 야생 동물의 생태 변화가 주 원인이었다.

아직 코로나19가 동물에게서 인간으로 건너온 정확한 이유나 시점을 알지는 못하지만, 각종 야생 동물과 가축의 피, 분변이 한데 섞여 있는 중국 우한의 전통 생물 시장에서 발생한 것으로 추정된다. 하지만 야생 동물을 먹는 것만 위험할까?

전 세계에서 야생 동물을 먹는다. 서아프리카 밀

림 깊숙한 곳, 새로 개발한 광산이나 농지와 밀림의 경계에서 일하는 노동자들은 사육된 동물의 고기를 구할 길이 없어 야생 동물 고기를 섭취한다. 아직 목축업이 발달하지 못한 곳들 또한 수렵으로 고기를 구한다.

한국의 보신 문화도 한 축을 담당한다. 뱀을 잡아 술을 담그거나 사슴 피, 곰의 쓸개즙을 뽑아 먹는 것뿐만 아니라 법의 규제 안에 있지 않아 비위생적으로 사육되고 도살된 개고기를 먹는 것 등도 충분히 스필오버 이벤트가 벌어지는 환경을 만들 수 있다. 이 이벤트는 살아 있는 동물과 접촉할 때 감염이 일어날 확률이 가장 높다. 살아 있는 개, 토끼, 꿩, 닭, 오리, 자라 등을 그 자리에서 직접 잡아주기도 하는 성남 모란시장은 최적의 환경이다.

미국도 예외는 아니다. 중국인들이 박쥐탕을 먹는다며 야만적이라고 온갖 난리를 치지만, 아직도 꽤 많은 수의 미국인이 사냥으로 고기를 얻는다. 사슴, 칠면조부터 온갖 중대형 철새와 청설모 같은 설치류까지 잡아 집에서 손질해 먹는다. 어떻게 잡는지는 모르겠지만 곰도 잡아먹는다고 한다. 뉴욕에서도 버팔로나 바이슨 고기로 만든 햄버거를 맛볼 수 있다. 실제로 코로나19의 유행으로 많은 육류 가공 공장이 문을 닫아 육류 공급이 불안정해지자, 많은 미국인들이 직접 고기를 구해 먹기 위해 엽총을 들고 사냥에 나서고 있다.

놀랍게도 미국 뉴욕 한복판에도 우한의 생물 시장 비슷한 것이 있다. 고향에서처럼 갓 잡은 신선한 고기를 직접 먹고 싶은 아시아인들이 운영하는 곳, 할랄이나 코셔 도축법을 사용하는 곳 등이 뉴욕 시내에서 버젓이 운영 중이다. 밀폐된 건물 안에서 도축되는 동물 고기들은 바로 근처 슈퍼마켓에서 팔린다. 다행히 동물권 운동가뿐만 아니라 코로나19 이후로 이곳의 위생을 걱정한 사람들이 시위를 하기 시작했고, 언론의 조명을 받았다. 관련하여 새로운 법안이 상정될 예정이라고 한다.

이 중 몇 군데를 우연찮게 목격한 적이 있다. 첫 번째로 본 곳은 플러싱과 코로나의 경계에 있는 닭 도축장이었다. 집에 돌아가려고 버스 정류장을 찾아 걷고 있었는데, 어딘가에서 지독한 악취가 났다. 도시에서는 절대 맡을 수 없는 냄새였다. 간판도 없는 한 건물의 반쯤 열린 문 사이로 피와 분변, 내장이 섞인 끔찍한 색의 액체가 흘러

나와 하수구로 흘러들어가고 있었다. 구역질이 났다.

도대체 이게 뭔가 싶어서 멀리서나마 문틈으로 살펴봤는데, 눈앞에 살면서 처음 보는 광경이 펼쳐졌다. 검은 벼슬을 가진 커다란 흰 닭들이 몸을 움직일 수 없을 만큼 닭장에 가득 담겨 있었다. 그리고 그 닭장들이 천장까지 꽉 차곡차곡 차 있었다. 더러운 장화와 도축용 앞치마를 착용한 사람들이 별다른 보호 장비 없이 닭을 도축하고 있었다. 깃털과 피, 좀 전까지 살아 있던 닭의 일부였던 고기 부스러기들이 날아다녔다.

도시 안에서 이런 시설이 적절한 하수 설비 없이 운용 가능한 건지 의심부터 들었다. 나중에 알고 보니 문화적 다양성이라는 이름으로 부적절하고 비위생적인 시설들이 방치되고 있었다. 위생 조건에 한참 미달일 것 같은데, 어째서 계속 유지될 수 있는지 정말 이해할 수 없었다.

두 번째 조우는 아스토리아의 할랄 도축장이었다. 육중한 철문 앞에 거대한 냉동 트레일러가 서 있었는데, 철문 아래로 흘러나오는 피와 도축 부산물들이 어디서 많이 본 것들이었다.

한바탕 비가 쏟아진 직후라 피는 대부분 하수구

로 흘러내려갔지만, 그 비가 씻어낸 자리에는 닭의 온갖 부위가 널려 있었다. 피가 반쯤 씻겨나가 더욱 그로테스크한 모습의 닭 머리 무더기에 크고 번쩍이는 파리들이 윙윙거리며 달려들었다. 파리는 닭의 눈을 핥으려고 애쓰고 있었다. 그런 노력을 아는지 모르는지 붉은 벼슬이 반쯤 찢겨나가고, 피에 젖은 닭의 머리는 눈을 꼭 감고 있었다.

이런 비위생적인 시설에서는 뭐를 도축하든 바람직하지 않지만, 도축뿐만 아니라 양이나 닭, 염소 등 온갖 생물들을 한데 몰아넣고 기르기까지 한다고 한다. 돼지 독감이라고도 불리는 신종 플루의 발생설 중 하나는 독감에 걸린 사람과 조류가 동시에 한 돼지를 감염시켜 조류와 인간의 바이러스가 조합되었다는 것이다.

신종 플루는 멕시코에서 시작되었다. 지카바이러스는 브라질에서, 스페인 독감은 이름과 다르게 미국에서 발생했다는 설이 유력하다. 한국형 출혈열이라고 불렀던, 한타바이러스가 일으키는 유행성·신증후군출혈열도 있다. 이제는 역사의 뒤안길로 사라져 들쥐가 많은 중국이나 내몽골에서나 발생할 것만 같은 흑사병은 놀랍게도 인도

나 동남아시아 일부 지역, 중앙아시아뿐만 아니라 아프리카, 남미, 미국에서도 사람과 동물을 가리지 않고 매년 꾸준하게 발병하고 있다. 그러니까 이런 위험은 중국만의 것이 아니다.

얼마 전까지는 지극히 개인적인 생각이었으나 이제는 연구 결과들이 뒷받침해주는 사실이 있다. 인간은, 그중에서도 개발된 국가에 사는 사람 들은 너무 많이 먹는다. 특히 소고기는 이산화탄소 배출에 아주 큰 기여를 하고 있다. 다른 우제류* 생물과 다르게 소는 특정 풀들만 먹는다. 그래서 소를 기르려면 숲을 싹 밀고 초지부터 만들어야 한다. 소를 대량으로 키우는 것은 지구의 탄소 고정에 전혀 도움이 안 된다는 말이다. 도축, 운반, 유통 문제는 사실 소가 필요로 하는 초지를 위해 파괴되는 숲과 소가 먹어치우는 사료들을 키우느라 발생되는 어마어마한 이산화탄소에 비하면 발톱의 때 정도밖에 되지 않는다. 실제로 소고기는 2등인 양고기와 단위 무게당 탄소 배출량이 2배

* 소, 사슴, 돼지, 양 따위의 발굽이 짝수인 포유류에 속한 목.

이상 차이가 난다. 지구 온난화에 아주 크게 기여하는 식재료라 할 수 있다.

소고기를 풍족하게 먹는 것을 부의 상징으로 여기고, 더 많은 사람들이 소를 먹을 수 있도록 목축업에 힘을 쓰고 있는 나라가 바로 미국이다. 우리나라도 마찬가지지만, 미국은 정도가 심하다. 동아프리카는 물에 잠기고 호주는 가뭄과 화재에 시달리고 있는데, 꼭 소고기를 그렇게 많이 먹어야 하나?

원인을 안다고 개인이 할 수 있는 일이 갑자기 뿅하고 나타나는 것은 아니다. 하지만 소고기 문제는 비교적 해결이 쉽다. 좀 적게 먹으면 된다. 모든 사람이 채식주의자가 될 수는 없고, 그럴 필요도 없지만 동물성 재료의 섭취를 줄이면 건강에도 도움이 되지 않을까? 이는 환경 파괴와 기후 변화가 예정되어 있는 다음 팬데믹과 직결된다는 것을 안 지금 우리가 할 수 있는, 소소하지만 영향력 큰 행동이다.

몇 년 안에 궁극적인 해법이 나오면 좋겠지만, 인간이 대단한 활동을 해서 지구를 100년 전으로 돌리는 것은 현재 기술로는 불가능하다. 현재의 지구를 보존하고 자연스레 회복하도록 돕는 것만이 우리의 삶의 터전을 지킬 유일한 방법이다.

마치며 | 어떻게 살 것인가

마지막 장은 평소 관심이 있는 음식과 요리 위주로 내용을 구성해보았다. 최대한 맛있는 것을 다양하게, 많이 먹고 살자고 생각해 왔는데, 순진하고 이기적인 생각이었을지도 모르겠다는 생각이 든다. 나에게 2020년은 게으름이 허용하는 한, 최대한 지구에 흔적을 덜 남기고 가는 방향으로 살아야겠다고 다짐하게 된 해다.

짧은 시간 안에 급하게 많은 내용을 다루느라 놓친 부분들이 많다.

셧다운 상황 아래서 증가한 전 세계의 가정 폭력과 성폭력 문제, 자본이 추구하는 효율성과 이윤 덕분에 뭉개져버린 더 저렴한 의료 장비 개발 사업, 최전선에서 사투를 벌였지만 오히려 차별당하는 의료진과 필수 인력들의 이야기, 앞으로도 계속 발생할 막대한 의료비에 파산하는 사람들, 지인과 친인척 들의 경험.

또 팬데믹 상황에서 계속되는 다른 인수공통전염병의 산발적인 유행, 반지성주의와 극단주의의 창궐, 농업, 목축업과 아마존 밀림 파괴의 연관성, 국경을 넘어 이동하는 저임금 계절 노동자들과 식량 위기, 코로나를 핑계로 강화된 중국의 홍콩과 신장 위구르 자치구 통제 그리고 사람들이 코로나에 대한 두려움도 무릅쓰고 길거리로 나오게 만든 '블랙 라이브즈 매터' 운동, 미국의 경찰 폭력 등등. 다 서술하려면 끝이 없다. 아쉬움이 크다.

#BlackLivesMatter #SayTheirNames

이 글을 맺은 날, 전 세계의 총 확진자는 약 2천만 명, 사망자는 약 73만 명이다.

미국의 확진자는 약 5백만 명, 사망자는 약 16만 명이다.

한국 확진자는 약 1만 5천 명, 사망자는 305명이다.

숫자로밖에 알지 못하는 많은 사람들의 고통과 죽음에, 덧붙일 수 있는 말이 없다.

미국 알레르기·전염병연구소 소장 앤서니 파우치 박사의 말을 빌어 이 책을 읽는 모두에게 마지막으로 당부하고 싶다.

"여러분 자신에게도 책임이 따릅니다. 우리가 이 전염병을 정말로 끝내기 위해서는 우리가 전염 과정의 일부라는 것을 알고 사회적 책임을 느껴야 합니다."

부록 | 셧다운에 대비하는 자세

들어가며

한국에서 검사를 받지 못하거나 병원에 갈 수 없는 상황은 일어나지 않을 것이고, 그러지 않았으면 좋겠다. 그런 상황이 오지 않도록 주의해야 할 사항과 그런 상황이 닥쳤을 때 무엇을 준비해야 할지를 간략하게 정리하였다. 입이 마르도록 반복하지만 가장 중요한 것은 제대로 된 마스크 착용과 손 위생이다.

그리고 다시 한번 강조하지만 여기에 언급된 모든 것을 사재기를 할 필요는 없다. 아니, 하지 마라. 락스, 마스크, 비누면 충분하다. 아프다고 해열제를 1백 알씩 먹을 일은 절대 일어나지 않는다. 뭐든 필요한 만큼만 구매하여, 정말로 필요한 사람이 살 수 있도록 하자.

마스크

마스크 착용에 대한 단 하나의 확실한 원칙이 있다. 일단 써라. 안 쓰는 것보다는 쓰는 것이 무조건 낫다. 내가 걸리지 않는 것도 중요하지만 남에게 병을 전파하지 않기 위해서도 쓴다는 사실을 항상 명심하자. 내가 바로 슈퍼 전파자, 무증상자일 수 있다.

체크리스트

V 눈 아래부터 턱 아래까지 충분히 덮는 마스크를 선택하자(얼굴이 작은 사람들은 대형을 헐겁게 쓰지 말고 중형이나 소형 마스크를 시도해보자. 그리고 코를 내놓은 건 안 쓴 것이다).

V 반드시 마스크 콧등의 고정부를 눌러 밀착시켜야 한다.

V 덴탈 마스크의 경우 주름의 골이 아래를 향하도록 펼친다.

V 마스크 쓰기 전후에 항상 손을 씻거나 소독한다(훈련된 의료진도 마스크를 쓰거나 벗을 때 감염될 확률이 높다).

V 마스크 겉면을 만지지 말 것.

V 마스크를 턱에 걸치지 말 것(노출되어 있던 목이나 턱 부분에 묻은 바이러스가 마스크 내부에 묻어서 얼굴로 옮겨갈 수 있다. 또한 마스크 겉면을 만지는 과정에서 손이 오염될 수 있다).

V 사용한 마스크는 다른 사람의 손을 타지 않도록 제대로 버릴 것.

∨ 마스크를 재사용해야 한다면 환기가 잘 되는 곳에 7일 이상 걸어 놨다가 착용할 것(알코올, 헤어 드라이기, 세탁, 전자레인지, 스타일러 등은 필터의 성능을 저하시킨다. 미국 국립 직업안전위생연구소NIOSH는 UV, 증기 과산화수소, 습열 소독 방법을 유력한 마스크 재사용 살균 후보로 보고 있지만 아직 필터 손상, 오염 방지에 대한 안전성이 검증되지 않았다.또 심하게 젖었던 마스크는 포기하자).

∨ 기침이나 재채기 등의 증상이 있다면 반드시 KF94 등 고성능 필터를 사용한 마스크를 쓰자. (외부에 밸브가 있는 마스크는 밖에서 들어오는 것은 막아주나 나가는 것은 막아주지 않기 때문에 호흡은 훨씬 편할지 몰라도 다른 사람들을 감염시킬 수 있다. 예방용이든 증상이 있을 때든 쓰지 말자. 순수하게 필터로만 된 것을 쓰면 된다).

손 위생

손 씻기는 개인 위생과 타인을 위한 기초 중의 기초이다. 환자와 접촉하거나, 식재료를 다듬거나 식사를 준비할 때, 식사 전, 화장실에 다녀온 후, 코를 풀거나 기침 또는 재채기를 했을 때, 동물과 접촉한 후에는 반드시 손을 씻어야 한다. 외출 후 마스크를 처리하고 나면 반드시 아무것도 만지지 말고 바로 손을 씻자.

비누는 바이러스 표면의 지질막을 파괴한다. 껍데기를 벗겨내어 기능하지 못하도록 하는 것이다. 기름 때를 세척하는 것과 마찬가지라고 보면 된다. 이때 그런 작용을 할 수 있도록 일정 시간(30초) 이상 비누칠을 계속하는 것이 관건이다.

간혹 소변은 깨끗하기 때문에, 화장실에 가기 전에만 손을 씻으면 된다는 기상천외한 주장을 펼치는 사람들이 있다. 소변은 흔히 알려진 것과 다르게 무균 상태가 아니다. 균을 제외하더라도, 손에 묻은 소변은 제발 혼자 드시길 간곡히 부탁한다.

사실 제일 큰 난관은 화장실 문 손잡이다. 동그란

손잡이일 경우에는 팔꿈치로도 열 방법이 없다. 우선 손을 깨끗히 씻은 후에, 나가서 다시 알코올로 소독하는 방법을 이용하자. 그냥 알코올만 쓰면 세균은 제거되지만 오염물은 그대로 남아 있다. 그러니 서로를 위해 제발 손을 씻자.

체크리스트

V 비누, 손 세정제, 손 소독제 등으로 손을 30초 이상 꼼꼼히 세척하자(손 끝과 손 주름, 손가락 사이, 엄지 뒤쪽 등도 잊지 말고 챙기자.)

V 드물지만 비누 표면이 오염되어 있을 수 있다. 하지만 충분한 양의 거품을 내서 30초 이상 문지르면 된다.

V 손 소독제는 에탄올 60퍼센트, 아이소프로필 알코올 70퍼센트 이상 포함된 것을 선택할 것.

V 손 소독제를 사용할 때에는 소량이 아니라 손 전체가 젖은 느낌이 들 정도로 충분히 사용할 것.

V 알코올을 자주 사용하면 피부가 손상될 수 있으므로 주의하자.

V 손을 꼼꼼하게 세척한 후에는 흐르는 물에 잔여물이 없도록 충분히 시간을 들여 문질러 헹궈야 한다.

V 교차 감염 방지를 위해 사용한 핸드 타월로 수도꼭지를 잠근다.

V 손을 적절히 건조시켜야 한다.

표면 소독

손 소독제 이외에도 표면 소독용으로 에탄올이나 아이소프로필 알코올을 구비해 두자. 락스를 물에 희석하여 사용해도 충분하다. 가정에서 굳이 염화벤잘코늄 소독액을 사용할 필요는 없다. 이때 어떤 소독액이든 적절한 농도로 사용하는 것이 가장 중요하다. 부적절하게 사용하거나 호흡기로 많이 들이마실 경우, 폐 손상이 발생할 수 있다. 양의 문제이긴 하지만 세균과 바이러스를 죽일 수 있는 것은 대체로 사람도 죽일 수 있다.

가족들 중 환자나 격리 대상자가 있고 화장실을 분리해서 사용할 수 없다면, 용변 후 반드시 뚜껑을 닫고 물을 내려야 한다. 또한 수도꼭지, 레버, 손잡이 등 접촉하는 표면을 사용할 때마다 모두 소독해야 한다. 수건도 각자 사용하고 화장실에 두지 않는 편이 좋다.

체크리스트

- V 사용하기 전 꼭 주의 사항을 읽어볼 것. 표면 재질에 따라 소독액을 사용하면 안 되는 것들이 있다.
- V 표면에 조금 뿌리는 것으로는 효과가 없다. 천이나 페이퍼 타월 등을 적셔서 표면을 문지르자.
- V 소독제를 사용한 이후에는 충분히 환기를 시켜야 한다.

상비약 및 상비 도구

상비약의 유통기한과 잔량을 체크해 두자. 코로나19 관련 약품뿐만 아니라 평소에 자주 쓰는 약품이나 처방약도 꼭 챙겨두는 것이 좋다. 사재기하면 다 버리게 되니 필요한 양만 챙기자. 약 상자를 정해두고 1년 간격으로 유통기한을 확인하여 정리하면 좋다. 폐기할 것은 쓰레기통에 버리지 말고 근처 약국에 갖다주자. 특정 약물에 대한 알러지 반응이 있다면 그 약은 사용하지 말고, 반드시 의사에게 알리자.

진통 해열제나 소염 진통제의 적정 투약량을 알아 두자. 특히 아세트아미노펜은 다량 섭취시 간 손상을 일으킬 수 있다. 또 반드시 정해진 시간에 적정량을 투여해야 한다.

체온계는 상비품이다. 다만 집에서 가족들만 사용할 것이라면 비접촉식 체온계를 갖출 필요는 없다. 귀 체온계를 사용한다면 측정 방법을 잘 알아 두자. 귀 체온계는 기본적으로 고막의 혈관 온도를 측정하는 방식이기 때문에, 각도가 잘못되면 실제 체온보다 낮게 나올 수 있다.

산소 포화도 측정기는 웬만하면 쓸 일이 없기를 바란다. 노령층 가족 구성원이 있다면 하나쯤 구비하는 게 좋을 수도 있다.

체크리스트

V 진통 해열제: 아세트아미노펜(타이레놀)

V 비스테로이드성 소염 진통제: 이부프로펜이나 덱시부프로펜(애드빌, 부루펜, 이지엔 등)

V 항히스타민제

V 수면 유도제

V 위산 분비 억제제/소화제

V 체온계, 산소 포화도 측정기

식품 구매

팬데믹 상황이 얼마나 심각해질지 모르겠지만, 아무리 심각해지더라도 일반 식재료를 사재기하는 것은 좋은 선택이 아니다. 실제로 팬데믹 초기에 영국에서 패닉에 빠진 사람들이 식재료를 사재기했다가 몇 주 후 음식물 쓰레기 배출량이 심각하게 늘어난 적이 있었다. 가족 중 아픈 사람이 생겼는데 병원에 갈 수 없거나, 밖에 자주 나갈 수 없을 때를 대비해서 적절한 양의 식량을 구비하는 것을 권장한다. 팬데믹은 전쟁이나 영화에 나오는 좀비 사태와는 다르다.

라면은 비상 식량이 아니라는 것을 기억하자. 일단 유통기한이 짧다. 염분이 너무 많고 영양이 불균형하며, 무엇보다 그것만 먹기에는 너무 지겹다. 게다가 코로나19는 폐에 후유증이 남을 수 있는 질병인 만큼, 집에 아픈 사람이 있다면 더더욱 불을 사용해서 조리해야 하는 음식은 피해야 한다.

평소 식단을 고려하여 조리가 필요없거나 전자레인지로 데워먹는 식품, 참치나 닭고기 캔, 병, 건조식품, 레

토르트 파우치 등 장기 실온 보관 식품, 야채 구매가 어려울 경우를 대비해 냉동이나 캔으로 보관된 야채, 과일 등을 2주치 정도 비축한다. 고기, 생선 등은 냉동하면 장기 보관이 가능하니 얼마간 챙겨 두자. 냉장 보관된 계란과 멸균 우유 등은 어느 정도 보관 기간이 확보되므로 나쁘지 않은 선택이다.

쌀, 파스타, 라면, 밀가루 등을 많이 비축해두어도 어차피 그것만 먹고 살 수는 없다. 바구미나 화랑곡나방만 생기기 십상이다. 결국 고기, 야채, 과일 등이 필요하다. 자주 나가지 않아도 되도록 신선 식품 대체품 개념으로 짜지 않은 야채나 과일 절임 등을 만들어놓는 것도 좋다. 여의치 않다면 종합 비타민 등 보조제도 챙겨 먹자.

참, 인간 외 식구들이 있다면 그들의 식사도 신경 쓰자.

식품 안전

미국 알레르기·전염병연구소의 연구 결과에 따르면, 코로나19 바이러스는 구리 표면에서 4시간, 택배 박스에서 24시간, 스테인리스와 플라스틱 표면에서 최대 3일간 활성 상태인 것으로 밝혀졌다.

이 말인 즉슨, 오염된 배달 용기 표면 때문에 코로나19에 걸릴 가능성이 있다는 것이다. 다만 바이러스는 살아 있는 숙주의 세포가 없으면 스스로 증식하지 못하기 때문에, 표면에서 바이러스가 증가하는 일은 없다. 그리고 배달 용기나 음식으로 감염된 케이스도 현재까지는 존재하지 않는다. 식사 때 동석한 사람이나 옆자리 사람으로부터 옮을 확률이 더 높다는 말이다.

하지만 예방 차원에서 조심하도록 하자. 배달을 시켰을 경우 음식물을 새로운 용기에 곧장 옮겨 담고 오염되었을 수도 있는 쓰레기를 처리한 후, 손을 꼼꼼히 씻으면 된다. 이조차도 걱정된다면 음식물을 65도 이상에서 최소 3분, 전자레인지에서 90초 이상 가열하면 충분하다. 손으로 음식을 먹는 경우에는 위생에 특히 더 신경 쓰자.

마트에 갈 때도 신경 써야 할 점들이 있다. 반드시 마스크를 착용하고 붐비는 시간을 피하며, 다른 사람들과 2미터 이상 떨어져 안전 거리를 지키자. 비접촉 결제 방법이나 무인 계산대를 사용하는 것도 방법이다. 장갑은 낄 필요가 없다. 장갑을 끼고 아무거나 만지면 의미가 없다.

집에 돌아오면 외부 포장을 소독하여 정리한다. 소독하기 애매한 종이 상자의 경우 구석에 하루 이틀 두었다가 정리하는 것도 방법이다. 손을 깨끗히 씻자. 그건 아무리 강조해도 지나치지 않다.

정확한 정보

2월 하순 즈음에 코로나19 대응 수칙이라며 헛소문이 돌기 시작했다. 콧물이나 가래가 있으면 코로나19가 아니라는 것이다. 하지만 코로나19에 걸리면 코막힘 증상은 나타난다고 한다. 같은 문서에 따르면, 바이러스는 열에 약해 26도에서 27도에서 사멸한다고 한다. 그러니 뜨거운 물을 마시고 해를 쬐면 된다나? 정말 그렇다면 몸속에서 어떻게 살아남는지부터 의문이다.

금속 표면에서는 바이러스 생존이 불가하다는 루머도 퍼졌다. 한국인의 유산균 박멸 머신 스테인리스 숟가락 덕분에 생긴 말인 것 같다. 스테인리스에 닿아도 유산균은 당연히 죽지 않는다. 애초에 유산균 발효 시설이 스테인리스로 만들어져 있다. 앞에서 언급했듯이, 코로나19 바이러스는 스테인리스 표면에서 3일 가까이 생존 가능하다.

3월에는 언론사들이 공포 팔이에 나섰다. 코로나19를 멀쩡하다가 갑자기 죽는 병으로 묘사하기 시작한 것이다. 한 방송사는 신천지를 악마화하기 위해서인지 한동안 이 병이 무슨 신벌인 것처럼 묘사했다.

유튜브에서 건강 기능 식품, 구충제 등의 부작용을 축소하고 효과를 과장하는 의사, 약사들 또한 루머의 한 축이었다. 그중 모 박사는 심지어 의사 면허도 없는 것으로 알고 있다. 덧붙여 이상한 것으로 유명한 모 음향학 교수는 소리 치유법으로 탈모를 방지한다고 하더니, 얼마 전에는 코로나19로 인한 염증을 치유하는 소리 치유법도 개발했다고 한다. 전문가들의 말을 무시하고 자기 구미에 맞는 말을 해주는 사람을 계속 출연시켜 유명세를 만들어 준 미디어들은 이 일을 어떻게 책임질 것인가?

이런 루머들은 지금도 현재 진행형으로 퍼지고 있다. 일본에서 건너온 이산화염소 제균 목걸이, 실내 공기 중 바이러스와 세균을 없애준다는 차아염소산(락스) 스프레이, 미국 대통령이 병을 낫게 해줄 것 같은 기분이 든다는 항말라리아제 하이드록시클로로퀸과 항생제 아지트로마이신(지스로맥스), 일본 내각이 밀어주는 인플루엔자 치료제 파라피라비어(아비간), 그 사이에 슬쩍 끼어든 각종 구충제까지.

그중 가습기 살균제 희생자와 가족 들의 고통이 현재 진행형인 상태에서 공기 중 바이러스가 제거된다며 차아염소산수를 비싼 값에 판매하는 무책임한 사람들에게 가장 화가 난다. 엄밀하게 말하면 좀 다르지만, 차아염소산수는 락스를 매우 희석한 것이나 다름없다. 락스는 1리터에 2천 원 남짓이고, 차아염소산수 스프레이는 5백 밀리리터 정도에 만 원 정도에 판매된다. 정말 대단한 공포 마케팅이다.

어떤 사람들은 자기 이익을 위해서, 혹은 보통 사람들은 이해할 수 없는 이유로 말을 만들어내거나 거짓말을 퍼뜨리고 다닌다. 흔히 '카더라'라고 불리는 이런 루머들을 구별해내려면 믿을 만한 연구 결과와 기관의 발표를 스스로 체크하는 수밖에 없다.

그렇다면 누구의 말이 얼마만큼 믿을 만한가? 엄밀하게 말하면 가려내기 곤란한 문제이기는 하다. 하지만 수준 낮은 엉터리들이 불안을 조장하는 일이 많으니 그런 것들부터 가려보자.

일단 공식적인 자료가 뒷받침되는 자료만을 참고하는 것이 좋다. 어떤 기관의 모 교수가 그랬다느니, 나사에서 발표했다느니, 내가 아는 의사 단톡방에서 나온 소리니 어쩌니……. 아무리 그럴싸하게 포장되어 있어도 원 출처가 명확하지 않으면 믿지 않는 것이 좋다. 아무리 저명한 사람이 한 말이라고 해도, 언급된 그 기관이나 교수가 정말로 그런 말을 했는지도 확인해보는 게 좋다.

또한 한 사람의 전문 분야는 생각보다 좁고 깊어서, 의학, 보건학, 생물학 등 흔히 함께 묶이는 분야들도 서로 거리가 있다. 그러니 바이러스학 교수가 의학 분야에 대해서 미주알고주알 한다면 굳이 신경 쓸 필요가 없다. 사람을 연구하는 것과 바이러스를 연구하는 것은 겹치는 부분이 있지만 엄연히 다른 분야다.

어떤 것이 사실인지 아닌지는 상당히 모호한 문제이다. 때로는 여론 조성을 위해서 사실과 사실 외의 것이 버무려져서 그럴싸하게 포장되는 경우도 있다.

영문 자료도 건강의 영역에 들어가면 신뢰할 만한 것은 별로 없다. 미국 사람들도 코로나19에 좋다고 생강이나 클로버를 먹기도 한다. 최종적인 판단은 여러분의 것이다. 그래도 출처가 없는 검증되지 않은 자료보다는 인용이 많이 된 논문과 질병관리본부 발표를, 가볍게 위키를 참고한다면 나무위키보다는 출처 표기가 많은 영문 위키피디아를, 음모론을 퍼트리는 이상한 사람보다는 전문가의 의견을 구하자.

참고할 만한 사이트를 몇 군데 소개한다.

대한민국 질병관리본부 http://www.cdc.go.kr/

서울대학교 언론정보연구소 팩트 체크 https://factcheck.snu.ac.kr/

구글 스칼라 논문 검색 https://scholar.google.com/

미국 질병관리본부 Stack https://stacks.cdc.gov/

미국 질병관리본부 '코로나19'

https://www.cdc.gov/coronavirus/2019-nCoV/index.html

WHO https://www.who.int/emergencies/diseases/novel-coronavirus-2019

OECD http://www.oecd.org/coronavirus/en/

코로나 블루

일명 '코로나 블루'라고 불리는 우울증이 문제가 되고 있다. 이는 장기간 자유롭게 나가지 못하고, 정상적인 사고 생활을 할 수 없어서 우울감이나 무기력증에 시달리는 것을 뜻한다. 또한 불경기로 인한 수입 감소, 실직 등으로 인한 경제적 어려움, 자신이나 가까운 사람이 감염되는 것에 대한 불안, 불투명한 미래에 대한 걱정, 매일같이 반복되는 뉴스 등이 모두 영향을 끼친다.

여러가지 이유로 인해 코로나19 팬데믹 상황이 빠른 시간 내에 종식될 기미가 보이지 않는다. 아무리 조심해도 나만 유난떠는 사람이 되고 확진자는 꾸준히, 늘어난다. 이런 상황이 빠르게 종결된다면 좋겠지만, 상황을 바꿀 수 없다면 적응해야한다.

P가 아픈 동안 나도 불안, 우울, 공황 등으로 고통을 받았다. 지금도 계속 이어지는 중이다. 하지만 그런 감정에 매몰되어 있는 것이 누구를 위해서도 긍정적이지 않다. 이를 완화시키고 규칙적인 생활을 유지하기 위해서 했던 일들을 간단히 소개한다.

체크리스트

V 수면이 가장 기본이다. 잠을 잘 자야 기분을 안정시키고 일상 생활을 유지할 수 있다. 일반적인 지침을 따르면서, 해가 지고 나면 뉴스나 SNS 등을 통해 심각한 뉴스를 보는 것을 피하자. 일정 기간 정도는 아예 뉴스를 멀리 하는 것도 괜찮다. 매일 보지 않아도 내 세상은 돌아간다.

V 가능한 햇빛을 쬐자. 밝은 빛은 잠을 깨게 하고 우울증을 완화하는 효과가 있다.

V 가벼운 운동은 주의를 분산시키고 기분을 개선시키는 효과가 있다. 실내에서라도 하루 30분 이상의 적절한 강도의 운동은 많은 도움이 된다. 혼자서 하는 운동에 어려움을 느낀다면, 유튜브를 참고하여도 되고, 요즘은 좋은 운동 어플리케이션들이 많다.

V 균형적인 영양 섭취를 잊지 말자. 집에 있으면 괜히 입이 심심해져서 단당류, 탄수화물 위주의 간식 섭취가 늘어날 수 있는데, 활동량이 줄어든 만큼 식사량도 조절하는 것이 좋다. 가능한 단백질과 신선한 야채를 꾸준히 챙겨 먹는 게 도움이 된다.

V 단기간에 불안을 가라앉히는 데 좋은 방법은 심호흡이다. 편하게 가부좌를 틀고 앉거나 사지를 뻗고 누워서 눈을 감고 긴장을 푼다. 숨을 코로 깊게 들이쉬고, 천천히 내쉰다. 숫자를 세면서 3초간 들이쉬고, 1초간 멈춘 다음에, 4-5초간에 나눠서 입으로 숨을 내쉬기를 반복하면 긴장이 풀리는 것을 느낄 수 있다.

V 바깥에서 모임을 가질 수 없다고 해도 전화나 영상 통화, 채팅 등을 통해서 사람들과 계속 연락하자. 사람은 사회적인 생물이라 교류 없이 고립되었다는 느낌을 받으면 우울해질 수 있다. 코로나19 관련 이야기는 최대한 짧게 하고 시시콜콜한 일상을 나누자. 귀여운 것을 많이 보자.

V 이와 같은 대증 요법(?)들에도 기분이 나아지지 않거나 일상을 유지하기 힘들다면, 전문가에게 상담을 하자. 신경 정신과 진료에 대한 두려움만 넘어선다면 약물 치료도 상담 치료도 매우 효과적이다. 다른 병원에 가는 것과 다를 바 없다.

후유증

최근 집중적으로 보도되고 있는 문제 중 하나는 코로나19 후유증이다. 중증과 경증을 가리지 않고 완치 후에도 후유증을 호소하고 있는 사람들이 많다. 한국은 환자가 많지 않아 조명받지 못하고 있었는데, 환자 수가 많은 미국에서는 중증 환자를 중심으로 다양한 후유증이 알려졌다.

후유증에 앞서, 우선 당신은 죽을 수도 있다. 살아남더라도 만성적인 후유증에 시달릴 수 있다. 극단적인 예로 혈전증이 발생한다면, 사지 말단이 괴사하여 손가락이나 다리를 절단하게 될 수 있다. 오른손의 손가락을 모두 절단하고 왼손도 대부분의 손가락을 절단한 사례가 있다. 브로드웨이 배우 닉 코더로는 인공호흡기에 의지한 상태로 혈전증이 발생하여 다리를 절단했지만, 끝내 사망했다. 이런 일이 벌어지는 동안 그는 계속 의식이 없었다.

코로나19는 심장, 간, 신장, 뇌와 정신 건강, 신경계에 이르기까지 다양한 영향을 끼친다. 이후 장기가 제대로 기능하지 못하여 지속적인 치료를 필요로 하기도 한다.

심각한 근육 손실도 동반하여, 퇴원 후에 제대로 걷지 못하는 사람들도 있다. 완치 후에도 브레인 포그*, 호흡 곤란, 부정맥, 고혈압, 두통, 어지러움, 불면, 기침, 흉통, 피부의 발진, 관절염, 피로 등이 나타나는 것은 흔한 모양이다.

일반적인 후유증에 덧붙여 '중환자실 치료 후 증후군Post-intensive care syndrome' 이라고 하여, 특히 중환자실에 입원한 뒤 인공호흡기를 사용하며 인위적 혼수상태에서 치료를 받은 중증 환자의 경우 정신적, 신체적 부작용을 겪는 것이 많이 알려졌다. 인위적 혼수상태에서 감각이나 반응은 없지만, 끊임없이 계속되는 악몽을 꾸었다고 하는 사람들도 있다. 그런 기억이 퇴원 후에도 뇌 한 켠에서 반복되는 모양이다. 그로 인한 인지 장애, 불안, 우울 뿐만 아니라 환각, 환청 등을 겪는 생존자들도 있다.

아직 연구가 진행되지 않아 자세히는 알 수 없지만, 미국과 영국에서 확진자들을 대상으로 장기 추적 조사가 시작되었다. 더불어 이미 일부 연구자들에 의해 코로나19도 사스와 마찬가지로 만성 피로 증후군을 유발할 가능

* 머릿속에 안개가 낀 것처럼 멍한 느낌이 지속되는 상태.

성이 높게 제시되고 있다.

P도 발열이 사라지고 나서부터 지금까지 끊임없는 피로감을 느낀다고 한다. 완치 후 첫 한 달을 잘 먹고 걱정 없이 잘 쉬어서 그래도 어느 정도 회복이 된 줄 알았다. 하지만 그 다음 달부터 본격적으로 이것저것 활동을 시작하면서 잔병치레를 하기 시작했다. 병원에 가지 않은 사소한 병들부터, 위염, 장염, 편도선염, 임파선염, 결막염에 이르기까지, 짧은 기간 동안 온갖 부위가 돌아가며 고장나고 있다. 곧 미국으로 돌아가야 하는데 걱정이다.

'나는 젊으니까, 건강하니까, 설마 무슨 일 있겠어, 괜찮아' 하고 우습게 넘길 일이 아니다. 누군가는 죽거나 사지를 잃기도 한다. 가볍게 앓거나 무증상으로 지나가더라도, 또 장기적인 후유증을 겪을 수 있다는 것을, 이 질병의 심각성을 인지하는 것이 중요하다. 마스크 착용과 위생 관리, 사회적 거리 두기를 실천하여 나와 주변 사람들이 그런 일을 겪을 필요가 없도록 하자.